あたしだけ何も起こらない

あたしだけ
何も起こらない

"その年"になったあなたに捧げる日常共感書

ハン・ソルヒ 著

藤田麗子 訳

PROLOGUE

また1歳、年を取る

　おかしな話だが、この本が本当に出版されると聞いて、いちばん驚いたのはおそらく私だと思う。本の執筆を提案された当時、私はとても混乱していて臆病になっていた。自分の人生がどこに向かっているのか答えを見つけられずにいる、そんな時期だった。単なる私の日常や気持ち、ささやかな暮らしのエピソードを書いてくれればいいという出版関係者の方々の優しい微笑み……。その微笑みに勇気をもらい、私は思い切って書いてみると言った。

　しかし実際、私の心の奥底には浅はかなエゴが潜んでいた。毎日、自分のことを書き続けていけば、支離滅裂な私の人生が少しは整理されるのではないかという……。

　でも、いまだに私は何も悟ることができず、怖気づいたままだ。

　なぜだろうか？　はっきりした理由は分からない。舞うように軽やかな足取りで出勤した日もあれば、人生の重みに押しつぶされて、ふとんをかぶって泣いた日もあった。変わったこともあれば、変わっていないこともある。一歩進んだかと思うと、一歩下がることもあった。20歳の頃

と大して変わっていないかもしれない。年齢は2倍になったにもかかわらず当時のままであることが怖くなり、身がすくんだ。

　この本に書かれているのは、"年を取ること"についての極めて個人的なエピソードだ。もし、正しい年齢の重ね方といった明確な回答や教訓、せめて小さなヒントでも得られたらという気持ちでこの本を開いたのだとしたら、先に謝っておきたい。私はいまだに何もつかめていない。でも、逆に考えてみれば、こんな私の姿に小さな希望を見出せるのではないだろうか。私たちは誰しも、何も分からないままこの人生を生き抜いているのだから。

　誰かが言っていた。最も個人的なことこそが、最も普遍的なことだと。極めて個人的な私の話が、年齢いじりにわずらわされている世の中すべての"その年"（の人々）にとって、ささやかな癒しになることを願う。

　最後に、この本の執筆と私の人生を支えてくれたビール、そして愛する母ヒョン・ギョンオク氏（は望んでいないと思うけれど）に、感謝の気持ちを伝えたい。

また1歳、年を取る日を控えて
ハン・ソルヒ

CONTENTS

SCENE 1

∨

このところ"その年"で、という
言葉をよく耳にする。

#1 最近よく聞く言葉、
"その年"で

「その年で、その服はちょっとやりすぎだよ……」
「その年で、好き勝手な恰好をしちゃダメですよ〜」
「その年で、そのカバンはないですよね？」

　このところ“その年”で、という言葉をよく耳にする。こ
こでの“その”は、非常に危険かつ難儀なニュアンスで迫っ
てくる。「あんた、その年でそんな飲み方したら死ぬよ！」
という先輩Kの珠玉のような忠告が思い出されるせいかも
しれない。

　“その年”になってからの私の人生を振り返ってみる。約
40余年前、徒競走が得意だったパパの血気盛んな精子と、
多少きまじめすぎたママの卵子が出会って、この世界に突
然私という存在が加わった。もちろん私の意志とは関係な
く……。

　10代の頃はそこそこ「かわいい」と言われたりもして私

なりの全盛期を送ったが、思春期に入ると同時にどんどん増えた脂肪とパッとしない成績のせいで人生の苦渋を味わった。苦労して入学した大学では、学業よりも"飲酒の特訓"に打ち込んだ。おかげで20〜30代を無駄に過ごし、社会のゴミになりかけた。しかし、ひょんなことから運よく作家という肩書きを手に入れて、社会の構成員として何とか生きているうちに、気づけば人々が言うところの"その年"になっていた。でも、その年だからといって、どうしてここまで気を遣い、注意しなければならないことだらけなのか到底理解できない。

コスメショップで、普段使いのリップグロスを何気なく手に取ったとしよう。店員が近づいてきて「お客様の年齢は……」と聞いてきたら、私は指名手配犯にでもなったかのように、精一杯、首をすくめてこう言い返す。

「76年生まれですが……」

すると、店員は間違いなく私の手の中のリップグロスを優しくも断固とした手つきで奪い取り、「（その年齢なら）こちらのほうがよくお似合いになるはずですよ」と言いな

がら、もっと高いリップグロスを差し出すのだ。ゴールド
に光り輝く、高級感あるパッケージのリップグロスを……。
服屋に行っても、靴屋に行っても、カバンを買いに行って
も同じことだ。

　40代＝20代×2 という公式が成立するかのように、"そ
の年"が支払うべき金額は何かと2倍になりがちだ。しか
し、もっと絶望的なことは別にある。支払う金額は2倍
になったにもかかわらず、実際は大して成長していない自
分の姿だ。あれほど遠く、高いところにあるように思えて
いたその年になったのに、私は今も同じ場所でかろうじて
踏ん張っているだけである。走っている途中に転んでもそ
れだけで済んだ過去の日々とは違い、"その年"に達した私
は何らかの結果を出さなければならないようだ。

　しかし、特筆に値すべきこともなく、手ぶらで立ってい
るような気がして、きまり悪いことこの上ない。まるで明
け方のコーヒーショップに置かれた季節外れのクリスマス
オーナメントのように、わびしく空しい感情が陣痛のよう
に周期的に襲ってくる。心臓と胃の中間あたりでヒグラシ
が鳴きたてているかのようだ。

　カフェの外から20歳の頃の私が、"その年"になってしまった私を残念そうに悲しげな瞳で見つめているような気がして、何度も暗い窓の外を眺めてしまう。

　悪い点は２倍に増え、いい点は半分に減ったような"その年"になった今、私はこれほどまでに不完全な姿で生き続けてもいいのだろうか？　解決策の見つからない悩みの淵に立っている。

　インターネットのタロット占いにすがるような、弱りきった一日の連続だが、人生が100年だと思えば、まだ半分も生きていない。自分を急かすことなく、もうしばらく見守っていてもいいのではないだろうか？

SCENE 2

⌄

両親が結婚の話題を持ち出さなくなった。
まるでホラー小説の序章のように……。

17

#2 いざ結婚のプレッシャーが
消えると

いつからだろうか。両親が結婚の話題を持ち出さなく
なった。最初はただ、生理不順のようにまばらになっただ
けだと思っていた。そんなある日、友達と電話中の母が、
私についてこんなことを言っているではないか。

「ま、絶対に結婚しなきゃいけないってわけじゃないか
ら〜」

この言葉を聞いた瞬間、まるで閉経を宣告されたかのよ
うに後頭部が引きつった。絶対に結婚したいという切迫感
を持って生きてきたわけではないが、親まで私の結婚を諦
めるなんて、ちょっとひどすぎるんじゃない？　「え、な
んでよ？　もっと切実に望んでよ！　ねっ、お母さん!?」

モヤモヤしながら、小憎らしい７歳の息子を持つ結婚10

年目の専業主婦である友人に現状を訴えた。彼女は私に同情するどころか、物憂げな表情で「結婚？　何のために？　そのまま一人で暮らしなよ、気楽に」などと言うではないか。そして缶ビールを取りに冷蔵庫へ向かう途中で息子が散らかしたおもちゃを踏み、とても母親の口から出てきたものとは思えないような暴言を吐いた。

　「結婚なんか絶対するもんじゃない。今子供を産んだって高齢出産で死ぬほど苦労するだけだから、結婚しようなんて考えは捨ててしまえ」と身も蓋もないことを言う。

　自分は結婚式場で純白のドレスを着て、口が裂けそうなぐらいの笑顔を見せ、私からご祝儀30万ウォン〔約3万円〕まで奪っていったのに！　それだけじゃない、息子のトルチャンチ〔生後1年目の誕生日を祝うパーティー。親戚や親しい友人が赤ちゃん用の小さな金の指輪を贈る〕のときも金の指輪を受け取っておいて、今になって私に結婚するなとは！

　「霊魂結婚式〔未婚のまま亡くなった男女に夫婦の契りを結ばせる儀式〕でもやって、私もばら撒いたお金を回収すべきなんじゃない？」と叫びたかったが、友達の息子に見つめられていたので、ぐっとこらえて出てくるしかなかった（帰り際に1万ウォンのお小遣いまであげた！）。

　適齢期をとっくに超え、親ですら期待を捨てた年齢に
なってしまった今、結婚はあえて選択しなくてもいいオプ
ションになってしまったのか？

　ひどく意気消沈した私は、自分と似た境遇の後輩と思う
ぞんぶん酒を酌み交わし、「四十路を過ぎたどこかの独身
女性が９歳年下の男と結婚したらしい」といった都市伝説
のような話に希望を見出したかと思えば、「隣の席に座っ
ている（少なくとも私たちより10歳以上若く見える）女の
子のスカートは短すぎるんじゃないか？　真冬なのにど
うかしてる！」と〝心からの〟心配をしたりしつつ、もう店
じまいだから帰ってくれと店長に頼まれて、しょんぼり酒
場を出た。

　あれこれ錯綜する思いを抱えて言葉もなく街を歩いてい
ると、交通事故の目撃者を探す横断幕が目に入った。後輩
が口を開く。

　「私も見つけたい……」

　その意味が分からなくて、聞いた。
　「何を？　飲みすぎて何か落とした？」

「若さです……。失った若さを取り戻したいです」
ため息をつく後輩の隣で私も言った。

「私も探したい……。うちのお母さんの婿！
いったいどこにいるのよ？」

あ〜〜〜
私も見つけたい

うちのお母さんの婿

< 午前 2:05 36%

where_are_U

♥いいね17件
母の婿を探してます！
推定30〜40代後半。
月給取り希望。
#謝礼ははずみます

SCENE 3

∨

毛穴だなんて！ 毛穴だなんて!!

#3 　毛穴が開く時間

「あなた、酒呑みでしょ？」

　先日友達に誘われて参加した飲み会で、美容皮膚科勤務のお姉さんが私に向かって放った第一声だ。知らない人ばかりだからと遠慮して、まだ一杯目のビールすら空けていなかったので、なおさら面食らった。

　私が酒呑みであることがどうしてバレたんだろう？　もしかして、どこかの酒場で私の酒乱ぶりを目撃したとか？　まさか、神のお告げを聞いたの？　全身に鳥肌が立ってビールを"一気飲み"しようとしたが、必死でこらえて、どうして分かるのかと聞いた。そのお姉さんの答えはあまりにも単純明快だった。

「酒呑みは毛穴が大きいのよ〜」

ハッ、毛穴だなんて！　毛穴だなんて‼

　余白の美に溢れる広々とした顔とか（東洋的だと主張してきた）、あるんだかないんだか、写真を撮るたびに消える慎ましい鼻筋とか（やはり東洋的だと主張してきた）、似ている女性芸能人が見つからないほど地味な目元について悩んだことはあったが（そう、私は東洋人だ）、毛穴だなんて！　毛穴だなんて‼

　思いもよらない毛穴攻撃を受けて瞳孔まで開いたし、痛ましくもカウンセリングの末に毛穴が小さくなる数百万ウォン相当の施術を提案されたようだ（残念ながら、酔った状態で聞いたので施術の名前は憶えていない）。

———

　翌日、酒焼けした赤い顔で目覚めると、コートのポケットには二次会の支払いをした領収書と、深夜2時から3時の間に帰宅したことを証明するタクシーの領収書、そし

てラーメンと飲み物を買ったコンビニの領収書が仲良くしわくちゃになって入っていた。

　トイレの鏡に映った顔を見ると、見苦しいどころではない。頻繁な飲酒、不規則な就寝時間、夜食という３種セットの直撃を食らったのだから当然だ。昔は肌がきれいだと言われることも多かったのに……。くすんだ肌に無理やり化粧をして出勤する途中、顔立ちにかかわらず白い肌を持つ20代がどれだけ美しく見えたかは筆舌に尽くしがたい。

　20代の頃、見知らぬおばさんに「お嬢さん、本当にかわいらしいわね」と話しかけられたことがある。当時は「どうして？　私はこんなことを言われるほどかわいくないのに。詐欺か何か？」としか思えず、疑いに満ちた眼差しをちらりと向けて、早足で逃げるように去った。

　あのときのおばさんの気持ちが今では理解できる。まだ私のようによれよれにくたびれていない彼らの若さがあまりにもうらやましい。地下鉄の向かい側の席に座って、深刻な表情で化粧直しをしている20代に言ってあげたい。

　「眉間にしわをよせて化粧を直さなくたって平気よ。
　あなたは今、とても美しいから」

　<u>私もあんなふうに輝いていた時期があったのかな？</u>
　突然20代の頃の自分が気になり、あちこちをひっくり返して当時の証明写真を見つけたとたん、文字通り"仰天"した。
　ものすごく美しかったのだ！（もちろん主観的な判断だ）。なぜこんなに美しくて初々しい顔で酒を飲み歩き、罪なき毛穴を育て上げてしまったのか……。もっと男と遊びまくったりすればよかったのに！　くやしさがこみあげてきて、すぐさま酒を飲みに行かざるを得なかった（決して言い訳ではない）。

　憂鬱そうな私の表情を見て、何かあったのかと尋ねる知人たちに、花のように美しかった時代の証明写真を見せた。
　「こんなに若くて初々しくて美しかった女はどこに消えたの？　どうしてこんなに老けて、疲れ果てた退屈そうな女だけが残ったの？　悲しすぎる」と愚痴を並べ立てる私に、弟分の男の子が言った。

　「姉さん、僕は今の姉さんのほうがきれいだと思いますよ」

　酔ったノリで言った言葉であれ、後輩として先輩を敬う気持ちから発した言葉であれ、“姉さん”と“きれい”のコンボには敵う者はいるだろうか。

　その日の酒代を私が払ったことは言うまでもない。

年を取るにつれて
財布を開く機会が増えると
腹を立てるのはやめよう。

腹なんか立てたって
毛穴がさらに開くだけだ。

リラックスして
笑いながら生きたほうが
結局は得になる。

SCENE 4

∨

私の記憶力は30代後半へと駆け上がるにつれて
ますます悪くなってきた。

何しようと
してたんだっけ?

#4 私の頭の中の
消しゴム

私はもともと記憶力がいいほうではない。一度など、こんなことまであった。部屋の大掃除をしていたら、かなりイケてる大企業の名刺を発見した。「誰だろう？　こんな会社に男の知り合いなんかいたかな？」。ときめき半分、好奇心半分で電話をかけた。

　「あの……部屋からそちら様の名刺が出てきたんですが。ひょっとして私と知り合いの方でしょうか？」

　しばしの沈黙の後、飛んできた一言はこれだ。

　「おまえ、イカれたのか？」

　聞けば、昔の彼氏だった。しかも１、２回会って別れた仲ではなく、１年近く付き合った男だった。それなの

に、彼の名前も勤務先もすっかり忘れてしまった私は堂々と電話をかけて、映画『私の頭の中の消しゴム』のヒロイン、ソン・イェジンにでもなったかのように「あなたはどなたですか？」と言い放ったのだ。当然、私たちの愛が再燃することなどなかった。

　私にとっては"思い出すたびに一生、布団の中で身悶えしてしまいそうな事件"ベスト10にランクインするエピソードとなり、彼には私が"イカれた記憶力"の持ち主だということだけを思い起こさせたハプニングだった。

———

　よりいっそう残念なのは、30代後半へと駆け上がりながら、その症状がますます深刻化してきたという事実だ。出勤するとき、携帯電話の代わりにテレビのリモコンを持って出てしまうのは序の口で、エレベーターで1階のボタンを押すのを忘れて立ち尽くしたまま「このエレベーターはなんで動かないわけ？」と一人で憤慨することが増え、ユニットバスに入った瞬間、自分が用を足しに来たのか、シャワーをしようとしていたのかを思い出すため

に時間を浪費することも多くなった。慌ただしく家を出て、コートの下にスカートを穿くのをうっかり忘れたことに気づき、家に駆け戻る事件まで起こった。

　ここまで来ると、さすがに怖くなった。ちょうど冬でコートを羽織っていたからよかったものの、夏の暑い日（つまりコートが必要ないような日）にパンスト姿で出勤することになりそうで……。結婚した友達から、出産後に記憶力が落ちたという話はしょっちゅう聞いていた。でも、私は子供を産んだこともないのに、どうして3〜4人産んだかのような勢いで記憶力が低下していくのか？
　くやしさを訴える私に、後輩が遠慮がちに言う。

「アルコール性の認知症じゃないですかね？」

「先輩に向かってよくも！」と説教したい気持ちをなんとかこらえる。やがて酒が回ってくると、鬱憤が爆発して、叫んでしまう。「結婚した友達は忘れっぽくなっても旦那か子供が面倒を見てくれるだろうけど、このままビールを友に老いぼれて一人残されたら、私の面倒は誰が見てくれるっていうのよ？」。こう訴える私に後輩はまた遠慮がち

に言う。

「お酒を断ってみたらどうですか？」
「酒を断つぐらいなら、命を絶つ！」と暴れていたら、店員に閉店時間だと声をかけられ、ばつの悪い思いで席を立った。ところが、伝票に書かれたビールの本数がおかしい。私たちが飲んだ本数より１本多いみたいだけど？首をひねる私に、店員はテーブルの下に置かれた瓶もちゃんと数えたと言い、「酔っぱらいのおまえに何が分かる」といわんばかりの表情で私を見つめる。「テーブルの下？」。さっと振り返ると、テーブルの下に置かれたビール瓶は"ハイト"だった。

「あれ？　私たち、ハイトは飲まないんですけど。カスしか飲まないんです。あれは後ろのテーブルの人たちが飲んだビールですよ。ほら、そうでしょ！　後ろのテーブルの上にハイトの瓶があるじゃないですか？　だよね？（後輩はこそこそと出口に移動しながら「はい……」）私、間違ったこと言ってませんよ〜。たかだか１本のビール代を値切るためにこんなこと言ってるわけじゃないんです。私、そんな人間じゃありませんから！　そうよね？（電話に出

るふりをして店からフレーム・アウトする後輩）」

　「まったく。酔ってると思って私を騙そうとしてたよね？」
　腹を立てながら、支払いを終えて出てきた私に後輩が
言った。
　「先輩、認知症の心配はしなくてもよさそうです。酔っ
ても酒代の勘定はしっかりしてるから……」

そうよ、しらふのときに忘れっぽくなったってどうってことない。
酒を飲んで正気に戻ればいいんだから！
ってことで、二次会行く？

$$6 \times 8 = 48$$
$$8 \times 6 = ?$$

即答できなかった人、手を挙げて！

私です～～～　私です

SCENE 5

∨

誰しも、最も明るく輝いていた
美しい時期に留まりたいと願う。

きれいだったのね、私も

#5 誰にでも輝いていた
時期がある

地下鉄の中で、仰々しい色に髪を染め、ヒョウ柄のミニスカートと網タイツを穿いて、ばっちり着飾った女を見た。派手な後ろ姿を見ながら、さまざまな思いが交錯した。「いくら個性の時代だからって、やりすぎじゃない？」。尋常ではない様子を思わずちらちら盗み見ていたそのとき、くるりと振り返った彼女は驚くべきことに60は超えているように見えた。いくら若く見積もったとしても、だ。他の乗客も私と同じようなことを考えていたのだろうか。彼女が振り返った瞬間、当惑のざわめきが起こった。しかし、その後、彼女はさらに驚くべき行動を取った。

　「ダーリン、早く私に会いたいのね？
　待ってて〜、今向かってるところよ〜」

　電話をしながら脚をしきりによじり、大きな声で何度も

笑う。人々の当惑は苦笑いに変わり、あちこちからくすくすと忍び笑いが聞こえてきた。しかし、私はそんな彼女を見て笑うことはできなかった。突拍子もないかもしれないが、その瞬間ふと、昔好きだったブリジット・バルドーというフランス女優を思い出したからだ。若い頃は美しい容貌で大衆に愛されていた彼女が、時が流れるにつれて毒々しく老いていく姿を見ながら感じた切なさと同じものを、目の前にいる女性に対して抱いた。

　おそらくこの女性は若い頃、とても美しい女だったのではないだろうか？　男たちにもてはやされ、美しさがすべてだった女……。そんな彼女にとっても時間は平等に流れたはずだが、徐々に忍び寄ってきた加齢を受け入れることができなかったのではないだろうか。

　モヤモヤした気持ちで、自分が着ている服をちらりと見下ろす。胸元がやや広めに開いた王女風のワンピースだ。つい昨年までは違和感がなかったのに、今年に入ってから急に抵抗を感じざるを得なくなってきたワンピース……。とても気に入っている服だから、「私の年齢の最初の数字が３から４に変わっただけ」と必死で自己暗示をかけてい

たことがふと恥ずかしくなった。私もまたこんなふうに1年ずつ、年を取ることを否定して自己正当化していたら、60歳になっても空気の読めないワンピースを着ているおばあさんになってしまうのではないだろうか。

　誰しも、最も明るく輝いていた美しい時期に留まりたいと願う。しかし歳月は、私たちを一カ所に留まらせてはくれない。知らないうちに少しずつ時に流されて、ふと振り返れば、その場所が遠ざかっているということに気づくものだ。

　地下鉄のドアが開き、彼女が降りる。忍び笑いを聞いて、彼女が振り返らないことを祈る。普通の人であれば、扱いづらくなって持て余し、少しずつ捨てていくものを彼女は頑なに背負っていくだけなのだ。ただ彼女らしい生き方をしているだけなのだと考えてみる。そして、私がすでに捨ててしまったものは何なのかについて、じっくり振り返ってみる。

誰しも、明るく輝いていた
美しい時期に留まりたいと願っている。

しかし歳月は、私たちを
一カ所に留まらせてはくれない。

SCENE 6
⌄
「あんたたち……。
男と結婚したら、何が起こるか知ってる？」

#6 私に残された
卵子の数

小学5年生の時のことだ。記憶力の悪い私でもこれだけははっきり覚えている（それほど衝撃的だった）。何かの行事を控えて、全校生徒が運動場の石拾いと草むしりに駆り出された。私たちは女子の仲良しグループで集まって作業をしていたが、とても暗い表情をしている友達のことが心配になって、何かあったのか尋ねた。何でもないと答えた彼女は、迷った末、私たちの追及に負けて口を開いた。その口から飛び出したのは、チョ・ギュチャン〔1989年デビューの男性歌手〕の歌のタイトルのような『信じられない話』だった。

「あんたたち……。
　男と結婚したら、何が起こるか知ってる？」

　まだインターネットどころか、携帯電話さえなかった時代だ。それは、大人たちが知らなくていいと判断した情報

には容易にアクセスできず、巷に溢れる有害な情報からそれなりに"守られていた"ことを意味する。つまり、私たちは純粋だった。当時、私たちが夢見ていた結婚とは、好きな男と離れがたくて一つ屋根の下で暮らすようになり、そうこうしているうちに子供が生まれて、自分たちの両親のように生きていくという……童話と現実の中間地点の想像に過ぎなかった。ところが偶然、母親が愛読している女性誌を読んだという友達の口から出てきた話は、実に衝撃的だった。要約すると、その雑誌にはセックスがどのように行われるのかという内容が記されていたのだ。

　義務的な性教育で、女の体の卵子と男の体の精子が出合って赤ちゃんができるという話は聞いたことがあったが、どんなふうに出合うのかは気にしていなかった。そのため、ディテールの説明を聞いたことのなかった私たちは、衝撃に包まれるばかりだった。おまけに、雑誌で読んだ話をアルファ碁のように機械的かつ正確に伝達する彼女の話しぶりも、私たちを衝撃に陥れる一端を担った。まるで信じようとしない私たちに向かって、友達は当時有名だった雑誌のタイトルを挙げ（『女性中央』だった）、天に誓って雑誌に書いてあったことを話しただけだと涙声で言った。

　「あ、その雑誌！　うちの母さんも読んでるよ。先月の
表紙はチェ・ミョンギル〔1981年デビュー〕じゃなかった？」
　「そんなことどうでもいいでしょ！　それ本当？　セッ
クスってそういうものなの？　じゃあ結婚したら、あっ
ちに座ってる男子とそれをしなきゃいけないわけ？　そ
れに……私たちのお父さんとお母さんもそれをしたってこ
と？（いや、してるっていうの!?）」

　疑いの気持ちが薄れるにつれて、恐怖が襲いかかってき
た。自分の体の中にそんな驚くべき能力と機能が隠れてい
たことを初めて知った私たちは、なぜだか羞恥心まで感じ
ていた。雑草と砂利をよけた手であんぐりと開いた口を覆
い、丸く見開いた目で見つめ合いながら嘆きの言葉を口に
した。

　「嘘よ！」
　「ありえない」
　「そんなわけないでしょ」
　「見間違いじゃないの？」

　とうとうその話題を持ち出した友達がいきなりごめんと

言って涙を流し始め、みんなもつられて泣き出した。そして私たちはお互いの手を堅く握り合い、一生結婚しないと誓い合ったのだ。

———

　結果はどうだろう。当時の仲良しグループは全員結婚した。私を除いては。結婚しないと泣き喚（わめ）いたことまであったのに、結婚して、どんどん子供を産んで暮らす友達を見ていると、運動場で信じがたい話を聞いて衝撃を受けたときと同じぐらい驚かされる。無知だった少女は女になり、女からママになった。私を除いては。

　いつしか時は流れ、あのとき小学校の運動場で涙を流した年頃の娘がいてもおかしくない年齢になった。残念なことに、宿主の選択を誤った私の卵子は、結実できないまま虚しく消えていくだけだ。平均的な閉経年齢は48歳頃だと言われているのに……。あぁ、私の卵子はもう残りわずかなのね。嘆く私に友人が言う。

「いくつか凍らせておきなよ。雑誌で見たんだけど、数年以内に人工子宮もできるらしいよ。もしかしたら、後で使うことになるかもしれないじゃない」

何気なく言った友達が背を向けた瞬間、リビングにあった女性誌で彼女の頭を叩いた。彼女は数十年前、あのときの運動場の少女のようにわんわん泣いた。

近い将来、独身女性のための卵子保管用冷凍庫が
誕生するのではないかと思うと恐ろしい。

SCENE 7

私たちはときどき、しょうもない会話を交わす。

#7 生まれ変わったら
誰になりたい？

ときどき、ものすごくしょうもない会話を交わすことがある。「生まれ変わったらどんなタイプの女になりたいか」で始まる、決して叶うことのないくだらないテーマをめぐって、私たちは案外まじめに激しく、長々と盛り上がることがある。

　　後輩1　ハン・ガインみたいに超超超超超・超！　清純できれいな顔で生きてみたいよ～。
　　後輩2　最近は顔じゃないでしょ？　やっぱりスタイルよ。背が高くてスリムで洗練された女になりたい。チョン・ジヒョンみたいな。
　　後輩3　いやいや、女はやっぱりグラマラスなのが最高でしょ。ハン・チェヨンとか、シン・ミナみたいに。
　　私　あんたたち！　女は顔とスタイルがよければいいわけ？　もっと大切なことにどうして気づかないの!?

　最近ヒステリーまで新たに搭載した独身アラフォーの私が怒鳴り散らすと、後輩は「私たちが俗物だったのかも……」と反省したようにこちらを見つめる。私は大まじめにこう言った。

　「女は、声も重要なの。男をしびれさせる声！
　ハン・イェスルの声、マジでヤバいと思わない？
　私は来世があるなら、ハン・イェスルみたいな女に
　生まれ変わるのだ！」

　全員がしまったというような表情で、先輩の話にあいづちを打ってくれる。若い後輩たちと話しながら、ふとこんなことを思った。うら若き後輩たちはまだしも、私はなぜ四十路を超えたこの年で、20歳の頃と変わらず容貌や声ばかりに執着しているのだろう。なぜ来世は、賢明な女の代名詞であり紙幣にも肖像画が印刷されている申師任堂〔朝鮮王朝時代の女流画家〕や、まっすぐな芯と気概を持つ柳寛順〔朝鮮の独立女性運動家〕のようになりたいというマインドを持てないのか？

　幼い頃に読んだワンパターンのお姫様シリーズ（美しいから、王子が何でも解決してくれた）の童話がいけなかっ

たのだろうか。あるいは、私が意志薄弱であることが諸悪の根源なのだろうか。私にはなぜ、成功した女になろうという欲望がちっともないのだろう。名の知られた価値ある大作家になりたいというプライドではなく、今よりもっと美しくなるとかもっと優しくなるとか、もっと素敵な女になるとかして、私を包み込んでくれる男に頼りながら生きていきたいという、素朴というより弱気な"女としての"芯だけが残ったのはどういうわけなのだろうか！

　　シングル41年目の単なる独身女性（私）　私はね、これぐらいの年齢になれば落ち着いて、自立して生活できる大人になれると思ってたわけ。でも、そうじゃない。20歳、30歳の頃より弱気になってきてる。
　　結婚７年目の話に無関心な友達　当時より年を取ったんだから、弱気になるのは当たり前でしょ。あんたの顔だってずいぶん老けたし……。
　　シングル41年目のカッとした独身女性（私）　ちょっと！　そんな話をしてるんじゃないでしょ。死にたい!?
　　結婚７年目のビックリ仰天した友達　分かってるわよ、怒鳴らないで。子供が起きちゃう！
　　シングル41年目の感情の起伏が激しい独身女性（私）　ごめん、

ついつい憂鬱で。年は取るだけ取って、私ってどうして こんなにダメなんだろう。あんたは仕事と家事と育 児まで、スーパーウーマンみたいにテキパキやり遂げ てるのに。私は自分の感情すらコントロールできない よ……。

結婚7年目のいつのまにか酔っぱらった友達　何がスーパー ウーマンよ。私がやらなきゃ誰がやるの？　あんた だって全部やることになるのよ、結婚したら。
シングル41年目の再びカッとした独身女性（私）　結婚がいち ばん難しいんだってば！
結婚7年目の再びビックリ仰天した友達　また怒鳴る！　子 供が起きたじゃない！

　友達は眠りから覚めてむずかる子供を抱き上げて背負い、 たちまち眠らせる。そして、空になった皿を片づけ、パ パッとサザエの和え物を作って出してくれた。出張先から 電話をしてきた夫には、寝るところだったとキム・ヒエ 〔ドラマ『夫婦の世界』の主演女優〕顔負けの演技力であくびをしてみせた後、す ぐに目を輝かせて酒を酌み交わす彼女……。何というか、 誰が何と言おうとスーパーウーマンそのものだった。今こ

こにチョン・ジヒョン、ハン・イェスル、ペ・スジがこ
ぞって現れたとしても、誰が彼女に勝てるだろうか？　や
はり結婚して一人の男の妻となり、母となった世間の既婚
女性たちは偉大だと感動しそうになった瞬間、彼女が口を
開いた。

　　私の目にはスーパーウーマンに見える友達　ねぇ、私が生ま
　　れ変わったらどんな女になりたいと思ってるか、分か
　　る？
　　スーパーウーマンに感動した私　どんな女よ？
　　私の目にはスーパーウーマンに見える友達　結婚してない女！

図らずもスーパーウーマンに勝った。ヤッホー……。

空飛ぶスーパーウーマンを見て
私たちは
カッコいいなと憧れる。

でも、実際の彼女は
失業中の夫と
反抗期を迎えた娘の夕食を
準備するために

スーパーで買い物をして
帰る途中かもしれない。

SCENE 8
∨

彼らは今ごろ、誰にとっての
どんな存在として生きているだろうか。

#8 君の存在

私は愛猫のミオさんと一緒に暮らしている（人間みたい
に、さん付けする癖がついてしまった）。

　無料引き取りで縁を結ぶことになったミオさんは、出会
いのはじめから実に数奇な運命の猫だった。よりによって
譲渡の当日、目にボールペンが刺さって手術を受けたのだ。
もしかしたら怪我した猫は引き取ってもらえないかもしれ
ない、とミオの飼い主は大いに心配したらしい。わんわん
泣きながら、会社の寮に入るせいで飼えなくなったと繰り
返し、どうか引き取ってほしいと切に訴えた。そんなふう
にして、ミオさんは私の元にやってきた。

　品種はコリアン・ショートヘア。つまりごくありふれた
雑種猫のミオさんは、目を怪我して手術まで受けた、とて
も小さくて軟弱な猫だった。かなり病弱で、幼い頃はよく
下痢をして頻繁に病院通いをしていたし、少し大きくなっ

てからは両耳に耳介血腫（じかいけっしゅ）（毛細血管が破れて血が溜まる病気）ができて2回も手術を受けた。中性化手術をした後は順調に育っているように見えたが、尿道に問題が生じて、検査や治療をいくつも受けた。

　病気ばかりしているので、いたわりの気持ちが自然と大きくなっていった。自分がひもじい思いをしても（今までそんなことはなかったが）ミオさんにはおなかいっぱいおいしいものを食べさせてやろうという信念の下、かなり高級なキャットフードとおやつを与えた。その結果、ミオさんは8キロの大型猫に成長してしまった。ちなみに、一般的な猫の体重は3キロ強だ。動物病院に連れていったある日、その場にいた人が「トラみたいな猫がいるから早く見に来て」と友達に電話しているのをこの耳ではっきり聞いたほどだと言えば、お察しいただけるだろうか。

　犬を飼ったことはあるが、猫は初めてだった。猫について無知な私が犬のように育てたせいか、ミオさんは"犬っぽい猫"になってしまった。気位の高い他の猫たちとは違い、名前を呼ぶと私の横にやってきて、腕まくらで寝るのが好きだ。それだけではない。睡眠中に息苦しくなって目

覚めると、私のおなかの上に座っていることがよくある。猫らしく高い場所にひらりと飛び乗るとか、段ボール箱を好む習性は生きているけれど。

　ふわふわというよりすべすべした毛並みで、かわいらしくニャーニャー鳴く様子はまるで子供のようだ。独身アラフォーの心を打ったお仕置きとして、私はミオさんをぎゅっと抱きしめて、猫に仕える執事たちが"ゼリービーンズ"と呼ぶ肉球を噛みまくる。そんなとき、ミオさんはいつも雷に打たれたようにビクッとして懐から逃げ出し、少し離れた場所から私を警戒の眼差しで見つめて、恨めしそうにニャーニャー鳴く。

　おかしなことに、そのたびに涙が出そうになる。まるで自分が産んだ子供がある日反抗期に入って、「ママ、嫌い！」と叫んだ後、ドアをバタンと閉めて部屋に入ってしまう感じというか。裏切られたような気分で背を向けて、しばらくしてからそっと振り返ると、退屈したミオさんがいつの間にか寝ついている。

　食パンを焼いて（足を体の下に折り畳んで座る、猫なら

ではのかわいらしい姿勢)眠る、ありふれたサバ模様(白
と黒のしましま)のミオさんを見ていると、奇妙なことに
またウルッとくる。ふと「戦争や天変地異が起こって離れ
ばなれになったら、はたしてたくさんのサバ猫の中からミ
オさんを探し出せるだろうか?」と心配になる。不意に寂
しさに襲われて、眠るミオさんを壊れそうなほど抱きしめ
ながら、皮膚病のせいで首にできた50ウォン玉ぐらいの
ハゲを発見する。「そうだ! この首を見れば、ミオさん
をすぐに見つけられる!」。嬉しくなってピンク色の鼻に
チューをしまくった。驚いて目を覚ましたミオさんがまた
逃げ出して、玄関の前に逃げていく。もう戻ってくる気配
はない……。

———

　寂しい私の空間にぬくもりをもたらして、退屈する暇も
ないほどいろいろなことを考えさせてくれるミオさん。そ
の存在だけで私はとても幸せな気持ちになれるが、はたし
てミオさんも私のように幸せだろうか?

　ときどき窓際に座ってぼんやり外を眺めるミオさんを見ていると「愛情とお世話だと思っていた私の行動が、ミオさんから猫らしさを奪ってしまったのではないだろうか？」という心配交じりの申し訳なさを感じる。

　ミオさんのように、私と縁のあった数々の人々について考えてみる。いろいろな意味付けをして大切にしていたが、相手の態度が変わったせいで、あるいは私の気持ちが冷めてしまったせいで、捨てたこともあれば放り出されたこともあった。彼らは今ごろ、誰にとってのどんな存在として生きているだろうか。恨んだり恋しく思ったりしたこともあったが、今は誰かの大切な人となって幸せに過ごしていることを心から願う。

＊キム・チュンス（1922年-2004年）。韓国の詩人 。

SCENE 9

∨

人間という動物は本来
とても孤独な存在……。

#9 シングル、ずっと美しければいいけれど

ビヨンセは『シングル・レディース』という曲で数百億は稼いだだろう（それ以上かもしれない）。とても軽快なリズムに合わせて楽しそうに踊るビヨンセを見ていると、シングルレディは実に楽しくて素敵な生き方のように感じられる。しかし、実際ビヨンセは結婚したし（しかも、べらぼうにお金持ちの成功した男と）、全世界のシングルレディはミュージックビデオに登場するビヨンセほど楽しい人生を送ることはできていないようだ。

　いや、確信する。結婚していないこと以外はすべてを持っている大韓民国代表のシングルレディ、キム・ヘスを見ながら「あの子、まだお嫁に行ってないんでしょ？　チッチッ……」と舌を打つ［韓国では残念に思う気持ちや痛ましさを表現するときに舌打ちをする］母と叔母を見ているとなおさらだ（お母さん、叔母さん！　私はキム・ヘスよりお金もないし、きれいでもないし、胸だっ

て小さいよ！）。

　キム・ヘスの心配までしている親戚と両親の視線が、痛いというより気に障るようになってきたある日、仕事部屋を手に入れたという口実で、半独立をすることになった。完全な独立ではなかったが、仕事部屋と家を行き来して、ある程度家族と離れた生活をすることにしたのだ。

　そんなふうに両親の小言から抜け出して、私だけの空間であるオフィステル〔オフィス＋ホテルの造語。ワンルームマンションの一種。〕にいる時間が長くなり、私はアマチュア単身者からプロ単身者になっていった。生活用品が増えていき、自分のリズムで生活しながらシングルライフを大いに楽しんでいるつもりだった。

　しかし、そのすべては錯覚だった。ほどほどにシングルライフを楽しんで、そのうち結婚することになるだろうなという漠然とした期待と計画が、彼氏との別れによって崩れた。そして、そこにはまるで独立的ではない、くたびれて老いた女だけが残っていた。やっとのことで気を取り直し、自分を取り囲む空間を見回した。立派なベッドもソファも、炊飯器すら買えなかったバカみたいな自分の姿が

そのときようやく目に入ってきた。そういうものは結婚してから買えばいいやとぼんやり考えて、先送りしたせいだ。

　私の空間にある最も高価なものがキャットタワー（トイレまでついた猫界の高級マンション）だということに気づくと、一生猫でも飼いながら寂しく生きて死ぬ運命なのではないかと思って不意に怖くなった。キャットタワーのてっぺんに登ったミオさんが「今ごろ気づいたの？」と答えるようにニャーニャー鳴いた。

──────

　私はいつも思っていた。聖書にはアダムとイブ、檀君神話〔古朝鮮の建国神話〕には桓雄と熊女がいるように、必ず男女のカップルが登場する理由があるはずだ、と。人間という動物は本来あまりにも孤独な存在だから、どうしても誰かがそばにいなければならないのではないか、と。だから私は、まだ自分のそばに誰もいないということが耐えがたいほど恐ろしかった。シングルライフを送っていながら、この人生を受け入れることはとてもできず、慣れることもできない

気がした。

　息詰まる静寂と孤独から抜け出したくて、彼氏がいた頃はあまり会っていなかった友達や後輩に連絡を入れ、狂ったように会った。彼らはこれまで連絡を疎かにしていた私を叱り、私の長い恋愛が何の成果もなく終わったという話を聞くと、真剣な表情でまた次の恋がやってくると慰めてくれた。その言葉に感動した私は、いつも伝票を手に取って、彼らの慰めに対する恩返しをした。

　そんな時間を過ごした後で飛び込んできたカードの請求額に仰天したが、脳細胞が炸裂しそうなほど飲んだ酒のせいか、知人たちの慰めのおかげか、あるいは時が薬になったのか、しだいに別れを受け入れる段階へと入っていった。

　まぁ、今でも他の男を見るたびに前の彼氏と比較してしまうし、ときどき彼のSNSをこっそりのぞくこともある。ごちそうを食べている写真なんかを発見した日には小憎らしいと思ったりするが、少なくとも酔って電話をかけたりはしない自分を褒めてやりたい。

　それでも私は、まだシングルレディの暮らしを楽しむことができない。もう一度、私に似た誰かと"カップル"になることを心から望んでいる。もちろん、一人でいるのが怖くて、むやみに出会いを渇望しているわけではない。もう一度言うが、人間は本来孤独な存在だから……。

うーん、そうよ！　クールに認めよう。
肉も食べたことのある人がたくさん食べる〔何事も経験があれば再び挑戦したいと思い、上達する〕というが、また恋がしたい。狂おしいほど。OK?

SCENE 10
∨

いい世の中になった。
精子も卵子も凍らせて保存できるなんて。

#10 アイスクリームの隣に精子

望みさえすれば、手術や施術によって若返ったり美しくなったりできる時代だ。そのせいだろうか。街を歩いていても、女たちの年齢の見当がつかないことが多い。

　それだけではない。精子も卵子も凍らせて保存できる世の中だという。いつでも望むときに子供を産めるということだ。とはいえ、それも排卵が可能な年齢ぐらいまでだろう。もっと年を取ったら、妊娠はまた不可能になるのではないだろうか？

　ところが心配している暇もなく、人工子宮が開発されるというニュースを聞いた。ヤッホー！　もう私がどんなに老いても、その気になれば子供を持てるということだ。もちろんお金をたくさん稼いでおかなければならないだろうけれど……。

　もしかしたら近い将来、大型スーパーで人種別、容貌別、学歴別に分かれた精子が売り出されるかもしれない。そうなったら、スーパーを訪れた私のような女たちは、カートを押して精子を一パック買うのだ。そして凍らせておいた自分の卵子と受精させた後、人工子宮に入れて子供を育てるのである。その頃になれば、今より医学が発展して50〜60歳でも若く見えるだろうから、遅い年齢で子育てをしてもおばあちゃんとは言われないはずだ。

　でも、子育てがつらくなってきたらどうしよう？　突然、反抗期を迎えた娘。あきれるほど勉強ができないから塾に通わせたいが、どうしてこんなにお金がかかるのか……。「あー。あのときルックスで選ばずに、ソウル大卒の男の精子を買えばよかった！　ファッションモデルの精子を買ったからこんなことになったのよ！　人工子宮で産んだ我が子を返品するわけにもいかないし。どうしたものかしら……」。

　後悔にさいなまれていると、誰かが私の肩をポンと叩く。目覚めると、仮想シミュレーションで子供を産み育てる体験をした私に、スタッフがにっこり笑顔で「どうなさいますか？」と尋ねる。そしたら私は首を横に振り、家へと向

かうだろう。帰りにスーパーに寄って、精子コーナーの隣
にあるアイスクリームをカートに入れるかもしれない。

　ひまな独身女性の仮想体験。こんなふうに一生「ザ・シ
ムズ」シリーズ［人生シミュレー
ションゲーム］をしながら生きなければなら
ないのか？

　つらい別れを経験したとき、すべてを白紙に戻す想像を
したことがある。もしあの人に出会っていなかったとした
ら、どうなっていただろうか。でも、そんなふうに簡単に
リセットできるゲームのような人生なら、心に残る思い出
もないだろう。取り返しがつかなくてつらくても、傷のあ
る人生はだからこそ大切だ。痛みのぶんだけ成長できるか
ら。

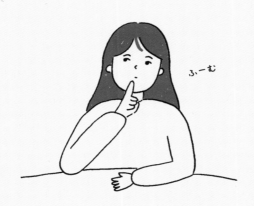

ふーむ

SCENE 11

#私の人生にハッシュタグをつけるなら？

#11　遅れるということの美学

私の人生にハッシュタグをつけるとしたら、最初のキーワードはおそらく #遅刻、あるいは #遅れる あたりになるだろう。ちょっとした遅刻が常態化しているせいだろうか。私は今、人生の軌道を人より遅いペースで走っている気分だ。

　その中でもとりわけ遅れている部分がある。"流行"だ。私が周りの人々より流行に乗るのが一足遅いということに気づいたきっかけは、ソテジワアイドゥル〔1992年にデビューし、熱狂的な人気を集めた男性ヒップホップグループ〕だった。友達がソテジワアイドゥルに熱狂して『ナン アラヨ（僕は知っている）』〔1stアルバムに収録された大ヒット曲〕を歌っている頃、私はまるで聴きたいと思わなかった。当時は、画一的なブームに乗りたくないという反骨精神のせいだと思っていた。しかし、ちょうど1年後、私は一人で腕組みをして「ナン、アラヨ〜！」と歌っていた。

　こうしたことはちょくちょく起こった。すでに放送が終

わった『覆面歌王』〔覆面をかぶったスターが歌唱力を競う歌番組。2015年からMBCで放送中〕の"音楽隊長"〔2016年に9週連続で勝ち抜いた出場者〕の話を持ち出して『Lazenca, Save Us』を聴き、最近はドラマ『シグナル』〔2016年に韓国tvNで放送された刑事ドラマ〕を観て「イ刑事！」と叫びまくり、「どうしてこんなにおもしろいドラマを観ていなかったんだろう！」と大騒ぎして周囲の人々をさんざんわずらわせた。

　運動神経もなく、かけっこはいつもビリで他人の後頭部を見ながら走っていたが、生きるスピードまで遅いとは何事か！　だから、周りはみんな結婚したのに、シングルとして寂しく老いていく境遇になったのではないだろうか。身体も心もなぜ一般的な大きな流れに乗れず、一人ぼっちでさまよっているのか。実に奇異なことだ。

　私という人間を構成する遺伝子に"遅く行動すること"という命令が彫り込まれているのではないだろうか？　だから他の人々が進路について悩んでいた20代に一人でビールを飲み、他の人々が結婚について悩んでいた30代もやはり一人でビールを飲み、人生について深く悩むべき40代になっても一人でビールを飲んでいるのではないだろうか……。

　何事にもタイミングがあるはずなのに、こんなふうに他の人々より遅いテンポで歩んでいたら、一人だけ取り残されてしまうのではないかという恐怖に襲われた。これまで取り逃したものに急いで追いつかねばと決心したとたん、思いがけないお見合い話が舞い込んできた。四十路を超えてからの縁談だけに、母は天の助けとばかりに何が何でも会ってみろと私の背中を強く押した。

　気持ちが先走りすぎたせいだろうか。男女平等を超えて、女性上位時代といわれる21世紀ではあるが、お見合いの席であるまじき失態を犯した。

　そう、泥酔して記憶を失ってしまったのだ。翌朝、二日酔いで早く目覚めた私は身悶えするほど後悔したが、もはや後の祭り。どうしようもない！　諦めよう。そのとき、意外なことにお見合い相手から電話がかかってきた。「酔い覚ましの食事をしよう」と……。

それで、どうなったかって？　私には、まだ見ぬハチミツ壺のような甘いドラマが12話分も残っていて、その男とのデートが待っている。

SCENE 12
∨

私はこれまでの人生でスリムだったことがない。

#12 痩せたことのない
姉さんの弁

私はこれまでの人生でスリムだったことがない。30代前半まではそこそこ見られるぽっちゃり型だったが、ある瞬間、ぼってり型にレベルアップしてからは、地下鉄で私を妊婦と勘違いしたおばさんに席を譲られたこともある。それだけではない。彼氏と遊園地に行って「妊娠中の方はお乗りになれません」と止められたこともある。それでも私には、普通の女であれば笑えない状況を笑い飛ばすことのできる大らかさがあった。問題は、そんな私の怠惰ぶりが養分となって、史上最高体重を記録してしまったことだ。

　明らかに数日前まで穿けていたズボンのボタンが閉まらなくなり、下着のサイズがグレードアップした。誰も喜ばなかったが、新記録を更新するかのように日ごとに体重が増えた。太ったせいで余計にものぐさになって、おしゃれもしなくなり、自信がなくなったせいで外出がおっくうに

なり、やることがないからまた食に走って……。

　悪循環が繰り返されたある日、重い身体を引きずって町内の銭湯に行き、アカスリをしていた。そのとき突然、後ろから誰かが私にガバッと抱きついて「ママ」と言うではないか！　ぎょっとして振り返ると、見たことのない子供が立っていた。事態を把握するより先に、「ママはここよ！」と切羽詰まった様子で近づいてきた女性が、ひったくるように子供の手を取って連れて行ってしまった。子供はママの手に引きずられながらも、まだこんがらがっている様子で私と母親を代わるがわる見ながら言った。

　「あのおばさんにもママみたいに赤ちゃんがいるの？」

　そう、子供の手を引っぱって行った母親は、おなかの大きな妊婦だったのだ。この世の誰よりピュアで偽りなき子供の目に、私が出産間近のおばさんに見えたというのは確かに衝撃的だった。この世にまだ見ぬ我が子がいると聞かされたほうがまだ衝撃が小さかったかもしれない。

　その足で町内のジムへと向かった。意志薄弱な私には

パーソナルトレーニングしかないと覚悟を決め、トレーナーのカウンセリングを受けた。しかし、いざハンサムなトレーナーの前に立つと、今あなたの前にいる、つまり妊婦のように見える女が実は「結婚したことのないシングルなのです」という言葉が出てこなかった。結局、私は結婚４年目の子持ちの人妻に“偽装”して、ジムに入会した。

　最初の数週間は、ショックと羞恥心のおかげでなかなか真面目に運動を続けることができた。その結果、ある程度は痩せたが、そのうち運動をやめたいという停滞期がやってきた。５キロも痩せたのに誰にも気づかれないし、いざ痩せたら顔が老けたと言われるし、しょんぼりランニングマシンの上を歩きながらテレビを見ていたら、ちょうど爽快に“チメク”〔チキンを食べながらメクチュ（ビール）を飲むこと〕をするシーンが出てくるし……（しかも、よりによって『ブッとび！ヨンエさん』だった）。

　そのとき、頭の中をいっぱいに満たした思考！　「今、私は何をしてるんだろう？　一度きりの人生なんだから楽しく生きなきゃ。こんなの間違ってる！」。怒りが込み上げてきて、ランニングマシンから降りようとしたとたん、

近くの会話が聞こえてくる。

「あんなぼってりしたオバサンがヒロインだなんて」
「だよね。現実だったらありえない話だよ」

ちらりと振り返ると、何度か見かけたことのある部類の人々だった。「あんなにスリムなのに、どうして運動をするんだろう？」と不思議だった若い女の子たちだ。

「いい年して、自己管理もできないのかな？」
「私は絶対、年を取っても太らないようにしなきゃ」

まったくもう！　年を取ったこともわびしいが、ちょっと太っているからといって自己管理がどうこう言う若者たちの話を聞いていると腹が立ってくる。その一方で、若い彼女たちの目には、私もそんな女に見えているんだろうなと思った。「そういえば、私もこの体型が恥ずかしくて、子持ちの人妻になりすまして入会したんだった。あの子たちにえらそうなことを言える立場じゃないな」とため息が出てきた。

　その日から、若者たちにスマートになった姿を見せてや
る！　と固く決意してダイエットに邁進した結果、今で
は7号〜9号サイズの弾力ある健康的なスタイルになっ
た……と言いたい。しかし、相変わらず意志の弱い私は、
徹底した自己管理ではなく、単なるストレスの影響でよう
やく以前の体重を取り戻し、平凡なぽっちゃり女の生活を
送っている。

　世間は、こんな私を自己管理もできないダメなアラ
フォーだとみなすかもしれない。しかし、大して優れたと
ころのない人生であっても、『ブッとび！ヨンエさん』の
脚本家として、俳優の口を通して人生を謳うことができた
自分の30代を恥じることはない。

世宗大王*も肥満体だったが、
彼の業績は素晴らしい。

でっぷり太っているから
自己管理ができないというのは
理屈に合わない話だ。

分かったか、皆の衆！

＊朝鮮王朝第4代王。韓国固有の文字ハングルの発明をはじめ、
　歴代王の中で最も多くの業績を残した。

SCENE 13
∨

年を取るにつれて
忠告を聞き入れるのが本当に難しくなってきた。

#13 忠告が難しい
年齢

若い頃は、忠告を受ける機会が多かった。先輩や周囲の
人々が、私に対して客観的な忠告をしてくれていた時期の
ことだ。仕事を始めたばかりの頃、当時は身震いするほ
ど気難しかったメイン脚本家の先輩が私の後ろ姿を見て
「あんたはズボンを穿いてるの？　穿いてから縫ったの？
じゃなきゃ、ボディペインティングでもしたわけ？」と言
い放って以来、数年間"ズボン断ち"をしたことがあった
（そう、私は下半身太りのせいで、流行がやってくる前か
ら否応なしにスキニーパンツをお披露目していた女だ）。

　すっぴんにメガネで出勤した日、「肌が浅黒くてアゴが
角ばってるから、キム・ゴンモ〔1992年デビューの 国民的男性歌手〕にそっくり」
と誰かに言われてからは、腕が麻痺しない限り必ずライト
カラーのファンデーションを塗って外出するようになった。
これらはすべて身近な人々による客観的な意見のおかげだ

（ちなみに、私はこういう忠告をしてくれた先輩と知人たちに心から感謝している。本当だ！）。

　しかし、年を取るにつれて、忠告を聞き入れるのが本当に難しくなってきた。30代半ばを過ぎると、忠告されること自体にイライラするようになってきた。某コメディ番組で、中年の息子が年老いた両親に向かって「僕ももう力ではお父さんに負けませんから！」〔KBS『ギャグコンサート』で流行語となったお笑い芸人のギャグ〕と言うようなものだろうか？　「私ももういい年だし、何を言われるか全部分かってるのに、どうしてわざわざそんな話を聞かなきゃいけないんですか？」という反抗心が先に頭をもたげる。それで、誰かが私に忠告をしようとしたら、眉を吊り上げてあからさまな拒否反応を示すようになった。

　そんなふうに忠告を拒んだまま、30代後半を経て、40代に入った。平均寿命から言えば、中間決算をする年齢。みんなとそこそこ似たような人生を生きてきたと思っていたが、振り返ってみると、私の姿は他の人々とはかなり違っていた。結婚もしていないし、子供もおらず、住宅請約総合貯蓄〔韓国で分譲マンションの購入時に必要な積立預金〕の口座もないし、何といっ

ても体内年齢が実年齢より高い！　どうしてこんなこと
になったのか……。人生の疑問は重いものから軽いものま
で、すべてがクエスチョンマークのままだった。

　齢四十一にふさわしい資産とはどれぐらいなのだろう？
齢四十一にして自ら加入した積立預金が一つもないのは正
常ではないのか？　齢四十一にして数年間、健康診断を受
けていないが、大丈夫なのだろうか？　齢四十一にして
腰まであるロングヘアは許されるのか？　齢四十一にし
て30代の頃に着ていた服を着てもいいのだろうか？　齢
四十一にして１週間に３、４回酒を飲むのは社会的に後
ろ指を指されることだろうか？

　正解が気になってきた私は、心からの忠告を聞きたかっ
たが、これまで全身で拒否してきた私に今さらそんな話を
してくれる人はいない。解決されない疑問と不安はすくす
く育って、恐ろしいほどに私を固く締めつけてきた。

　意気消沈していたある日、身近な人々と世界平和、核兵
器反対、環境汚染について熱い議論を交わした末に、某芸
能人の話が出た。最近CF撮影で数億を稼いだらしい、ど

こどこに数十億ウォンのビルを買ったらしいなど、羨ましさから始まった話題がやや別の方向にそれた。結婚生活は不幸なんだって、配偶者が浮気者らしいよ、浪費癖がハンパじゃないんだって……。真相を確かめる術のない話だったが、何不自由なく幸せそうに見える有名芸能人がなぜそんな不幸に耐えながら生きているんだろう。いっそ離婚してしまえばいいのに。一度も結婚したことのない私は、おこがましくも芸能人の心配をしていたが、ハッと悟った。

　だから何なんだ？　他人がどんなに騒ぎ立てようが、口が酸っぱくなるほど忠告しようが、心配事の多い不完全な人生に耐えながらベストを尽くして生きているのは本人なのに。

———

　他人の目から見れば、私はこの年齢にふさわしいお金を貯められていないかもしれない。他人の目から見れば、自分で開設した積立預金口座が一つもないのは情けないことかもしれない。他人の目から見れば、年相応ではない

ファッションセンスに軽薄なロングヘア、健康診断も受けずにしょっちゅう酒を飲む私はどうしようもない人間かもしれない。

でも、それがどうした？
文字通り、中間決算。
結論はまだ出ていない。

問題を解決したいときは、正解かどうか悩まないこと。
どっちみち、正しいときは正しいし、間違うときは間違う。

SCENE 14

∨

年を取るにつれて増えるのは
ぜい肉だけではない。

#14 感情の中年太り

中年太りが話題に上ることが多い。若い頃は、一日食事を抜けば2〜3キロぐらい簡単に減らすことができた。しかし、年を取るにつれて痩せにくくなると「ぜい肉が落ちなくなってきたよね」という言葉で、太った自分を納得させてしまいがちだ。

　ぜい肉というものは、自分がどれほど怠け者で節度のない生活を送ってきたかということをそっくりそのまま見せてくれると同時に、服を着たときのシルエットを台無しにする。驚くべき機能を持つブラジャーで胸の形を整えたのに、ふと振り返った瞬間にいきなり飛び出してくる胸と同レベルの背肉……。それでも外出を諦めるわけにはいかない！　気を取り直して衣装だんすを漁り、以前買ったボディスーツ（ブラジャーとウェストニッパー、ガードルが一体化した女性用下着）に身体を押し込んでみる。ようや

くなめらかに整ったスタイルに満足して、堂々とした足取りで外出するも、想定外の事態に向き合うことになる。地下鉄やタクシーの中、あるいはビールをジョッキで一気飲みした直後の酒場など、場所はいろいろだ。ボディスーツがモゾモゾずり上がってきたせいで、ストッキングのラインと胸の下の空間が無防備になる。行き場を失ったぜい肉が、憤った群衆のように一斉に飛び出してきたときの決まり悪さといったらもう。大韓民国の一般的な女性なら、おそらく一度か二度は体験したことがあるのではないかと思う（まさか私だけじゃないよね？）。

———

　年を取るにつれて増えるのは、ぜい肉だけではない。感情にもベタベタと余計なものがくっついてくる。以前は「あの子はかわいくていいな」と言っていたのに、今は「あの子は若くて、かわいくていいな」に変わっている。また、かつては「いい人と結婚できて本当に羨ましい」と言っていたのに、今は「あの子は適齢期に結婚できたのに、私はこの年で何やってるんだろう？」という嘆きに変わってい

る。単純で一次元的だった嫉妬や願望がいっそう細かくなる。より窮屈になり、わけの分からない自責の念まで加わって……。

　ボディスーツでスタイルを整え、２種類を混ぜたファンデーションで顔のくすみを隠し、年を重ねながら聞きかじった博識に見えそうな言葉を使って、みすぼらしい姿を隠そうと努める。しかし帰宅後、つけたTVを背にして横になり、一日を振り返ると「私はどうして年相応のふるまいもできずに、あんなことを言ったんだろう？」「どうしてこの年になっても思慮が浅いんだろう？」と後悔しながら夜を明かすことになる。

　そんなある日、久しぶりに母に会った。母は身の回りのささいな出来事について愚痴を言い始めた。これまでは陰口を言うこともなく、黙々と母親の義務と責任を果たす人だったので、初めて見る姿に苛立たしさをおぼえた。「こういう不平不満はそもそも私がお母さんに聞いてもらうことなのに。どうして？」という気分だった。

　「お母さん、どうしたの？　それぐらいガマンしなきゃ。

なんで私に子供みたいなこと言うのよ。大人なのに……」

　母はしばらくぼんやりした顔で私を見つめてから言った。

　「お母さんだって、大人である以前に感情を持つ人間なのよ？」

　そうだった。偉人伝で読んだような、年齢と共に完成されていく人は、本当にごく少数に過ぎない。私たちみたいに平凡な人間は、年を取るほどに歳月という名の波風に削られて、より多くの弱点が見えてくる、そんな存在だった。ぜい肉がついて見かけは貫禄たっぷりだが、その中身は夫の問題や子供のことが心配でいっそうナーバスになり、臆病になっていく存在。20年超の経歴を誇る古参となっても、青二才の後輩のささやかなアイデアの煌めきに劣等感を抱く、そんな小さな存在なのだ。

　私たちは、年を重ねるにつれて若い頃よりも"優れた"自分になりたいと切実に願っているのではないだろうか？ 年を取るということは、昨日より優れた完璧な人になるということではないはずなのに……。真面目な姿勢を持つこ

とは大切だが、あまりにも狭量で陳腐になる必要はないのではないだろうか?　100年人生における40代なら、私たちはまだ、駄々をこねてもいい年齢なのだから。

ぜい肉は運動で撃退し、説法はお坊さんに任せよう。
最も重要なのは"私らしさ"を失わないということだ。

私たちはもしかしたら
年を取るにつれて
もっと優れた人になりたいと
願っているのではないだろうか？

　　　年を取るというのは
　　　完璧な人になるということでは
　　　ないはずなのに。

歳月と共に
人間が完成するのは
偉人伝の中の話よ

偉人伝

SCENE 15
∨

相変わらず私は、赤毛のアンとＢ舎監＊の
間あたりをうろうろしている。

＊ 玄 鎮健（1900年-1943年）の小説『Ｂ舎監とラブレター』。40近いＢ女史は、女子寮の
　舎監で、独身主義者。寮生の恋愛を禁じる一方で、彼女たちに届いたラブレターを盗
　み読みして妄想にふけっている。

#15 赤毛のアンと
B舎監の間

学生時代からの人生を振り返ると、私の最大の自慢は、中1から高3まで"娯楽部長"だったという事実だ。

　そう、成績はイマイチで見た目もパッとせず、これと言って抜きん出た才能がない私にとって、唯一の特技は"おもしろい"ことだった。だから、人を笑わせることによって獲得した、娯楽部長という人生初の肩書きがとても誇らしかった。

　そんなわけで、私は学生時代ずっとおもしろい女として名を馳せた。高校時代の同級生と一緒に、KBS〔韓国放送公社〕のお笑い芸人オーディションを受けようとしたこともある（余裕ぶって前日までネタを考えもせずに酒ばかり飲んでしまい、結局は断念したが）。

　おもしろい女にふさわしく、20代の頃は千里眼（chollian：1990年代に一世を風靡した懐かしのパソコン通信）のユー

モア掲示板に書き込みをして、少しばかりハンドルネームを轟かせたこともある。そのおかげで、どうにかこうにか作家という肩書きを手にするに至った。しかし、私は文章力よりも話術に長けていると思っているので、おもしろい女というタイトルのほうに誇りを感じる（元カレからは"人生で出会った最もウケる女"と書かれたメダルまでもらった）。

———

　ところが、そんな自分がある瞬間から変わっていくのを感じた。30代半ばに入ると、私が恋愛中だと知る誰もが、いつ結婚するつもりなのかという質問を浴びせてくるようになった。結婚適齢期をはるかに過ぎているという現実を直視して、もっと人生について真剣に考えるべきだ、とドキュメンタリーのような忠告をされた。シチュエーション・コメディの中で生きていた私は、いきなり悲恋ドラマのヒロインになったかのように、いやでも真剣にならざるを得なかった。

　結婚願望のなかった私が、世論に背中を押されて彼氏を

せっつくようになった。おのずとケンカが増えた。もう以前のように幸せではなかったし、だからもう、おもしろい女ではいられなくなっていた。おまけに、私より後に彼氏ができた後輩から結婚式の招待状を渡されて、神経過敏は頂点に達した。

　ちょっとしたことにイライラしてかんしゃくを起こし、酒に酔うと自らを哀れんでポロポロ涙を流した。それにもかかわらず「誰にも気づかれてないよね。私だけが感じてる気持ちだから」と自分をかばっていたが、すぐにそれは思い違いだと知ることになった。

　仲のいい先輩から「情緒不安定に見える」と言われ、そんなにつらいなら彼氏と別れたほうがいいんじゃないかと忠告された。また、後輩たちからは、浮き沈みの激しい感情についていけなくて私を避けていたと打ち明けられた。そんな話を聞くたびに、思わずカッとして怒りを爆発させた。しかし怒りは瞬時に消え、そのあとに決まって恥ずかしさがやってくる。慌てて謝り、背を向ける日々の繰り返し……。誰もが私を非難しているような気がした。私は"人を笑わせる女"から"笑われる人"に転落してしまっ

たみたいだった。

　そんなふうに自分を責めて、ひねくれていく日々の中で、後輩の結婚式の日がやってきた。心穏やかではなかった私は、ぐずぐずしたあげく遅れて式場に到着した（実のところ、行かない口実を考えあぐねて、仕方なく行ったと言ったほうが正しい）。
　誰かに自分の腹黒さを見抜かれそうで、ややこわばった表情で式場に入ると、ちょうど写真撮影をするために立っていた後輩と目が合った。その瞬間、後輩が目を潤ませた。

「そうだった。あの子はああいう子だったな……」

　父親を亡くしたと聞いて仕事仲間と会いに行ったときも、私を見るなり涙を流した子だった。そんな彼女に肩を貸して、一緒に泣いた。私がまだ"おもしろい女"だった頃、一緒に泣いて笑った、そんな仲だったのに……。しばし自分のねじくれた心を反省し、ウエディングドレスを着た美しい後輩を心から祝福した。

　しかし相変わらず私は、赤毛のアンとＢ舎監の間あた

りをうろうろしている。年を取れば自然と大人びるだろう
という期待とは裏腹に、大人になる道は険しい。それでも
方向性を見失わずにまっすぐ歩いて行けば、他の人々に後
れを取ることなく、大人へとつながる道のどこかにたどり
着くのではないだろうか。

サナギから出てくるのは、美しい蝶だけではない。
だからと言って、弱々しく羽ばたいて飛んでいく蛾の人生を
非難する資格が誰にあるだろうか？

SCENE 16
⌄

年を取るにつれて
葬儀場に行く機会が増える。

ついこの間
着たばっかりなのに
また……

#16 四度の結婚式と
一度のお葬式

「先輩のおかげで、温かく父を見送ることができました。
こんな経験は初めてだから、
何をどうしたらいいか分からない。
花嫁姿を父に見せてあげられなかったのが
本当に心残りだよ。
先輩、私たち、早くお嫁に行こうね」

　後輩の父親の葬儀に参列した数日後、彼女から届いた
メールだ。遅くまで寝ていたら、後輩から「父が〇月〇日
に他界いたしました。ここに生前のご厚誼を深謝し、謹ん
でご通知申し上げます……」で始まる、事実と情報が満載
の携帯メールが届いていた。

　あの日のぎこちない状況と行動、会話を思い出す。訃報
という言葉に慌てながら、ふと「ふだんは茶目っ気たっぷ

りの後輩がこんな典型的な訃報のメッセージを自分で書いたのだろうか？　それとも、誰か他の人が書いたのか？」と余計なことを考えたこと、知人たちといつどうやって弔問に行くかサッと話し合ったこと、葬儀場に着て行けそうな黒いスーツすらないクローゼットを覗いて情けなく思ったこと、初めてではないが不慣れな場なので「斎場では、喪主に何て言えばいいんだっけ？」「ジョル〔喪主と遺影の前で行うお辞儀〕はどんなふうにするんだっけ？」とうろ覚えの手順をインターネットで確認したこと、目の前にある葬儀場をなぜか見つけられなくて病院〔韓国は葬儀場が病院に併設されていることが多い〕をぐるぐる２周もしたこと、後輩と向き合った瞬間、見境なく涙を流したこと、一緒に行った先輩と赤らんだ目でユッケジャン〔通夜の席でふるまわれる辛いスープ〕を前にして座り、親孝行しようと誓い合ったこと、雑談中にやや大きな声で笑ってしまって気まずかったこと、帰り道、久しぶりに母に電話をしたこと……そんなあれこれだ。

　30代半ばまでは、お葬式より結婚式のほうが多かった。ところが、年を取るにつれて葬儀場に行く機会がどんどん増えていく。命ある者たちはみな死に向かって進んでいくのだから自然なことではあるが、なかなか慣れないものだ。

「ご冥福をお祈りします」という言葉も、怖くてすんなり口に出せない。こうした出来事がいつか必ず自分の身にも起こるという恐怖に襲われるからだろう。

　私のもとを去った人々のことを思い返してみる。思った以上にずっと多くの人々が去って行った。これからもたくさんの人々を見送らなければならないと思うと、ふと怖くなったりもする。しかし、去って行く人がいれば、新たにやってくる縁もある。悲しみの中に留まり続けることなく進んでいけるのが、私たちの人生というものではないだろうか？

私の友人は祖母に育てられた。そのおばあさんが亡くなったという知らせを聞き、あたふたと通夜に駆けつけた。そして、お焼香のときにうっかり火事を起こしてしまった。母親同然の祖母を亡くして失神寸前だった友人は、そんな私を見ておなかを抱えて笑った。そういうものなんだと思う、人生って。

「ご冥福をお祈りします」
何度言っても
なじめない言葉……。

もしかしたら、
言い慣れたくないと
思っているのかもしれない。

SCENE 17

∨

少しずつ、ちょっとしたことから
頑固になっていく。

#17 40年ブランドの意地

文字通りだ。ちょっとしたことから頑固になってきているのを感じる。私のこだわりは、決まった銘柄のビールしか飲まないというところから始まった。他の銘柄のビールは口に合わないと決めつけて大騒ぎした。20代後半からは、ロングヘアに執着するようになった。以前ショートカットに挑戦したとき、ちっとも似合っていないと周りの人々に指摘されたからだ（いや、当時付き合っていた男の好みがロングヘアだったんだっけ。はっきりしない）。

　短くも長くもない人生の中で培ったノウハウこそが真理と言わんばかりに、あらゆることを自分の型にはめていくようになった。最近になって、私のこうした姿勢が危険水位に達しているということに気づいた。私は他の銘柄のビールを飲む人が嫌いになってきて（どうしてあんなに味覚のセンスがないわけ？）、ショートカットが似合いそう

だと勧めてくる人は私に恨みを抱いているに違いないと考えた（私をブサイクにしたいのね？　ずる賢いヤツめ！）。そう、四十路を過ぎたあたりから、途方もなく頑固な偏見が定着してしまったのだ。

　ショックだった。若い頃の私は、とても柔軟な思考を持つ人間だった。それが自分の大きな長所だと信じていた。レズビアンだと高校の友達にカミングアウトされたときもすんなり受け入れられたし、どんなジャンルのコメディを観てもゲラゲラ笑える、高い共感力の持ち主だと思っていた。しかし、それは私の勘違いに過ぎなかった。

　今考えると、レズビアンの友達を理解できたと思っていた私は、同性愛を敬遠する人々を偏狭な思考の持ち主だと一方的に軽蔑していた。それに、新しく公開されたコメディのツボを理解しようとするのではなく、以前観たおもしろい映画を何度も繰り返し観ていた。自由だと信じていた私は、自分の固い思考の枠に閉じ込められていたのだ。

　たまにボトックス注射で不自然な表情になった女たちを見かけると、密かにあざ笑っていたが、私の思考もボトッ

クスを打ったように固まってしまった気がして、急に怖く
なった。このまま、分からず屋で融通の利かない老人に
なってしまうんじゃないだろうか？　ヨガやピラティス
みたいに身体を柔らかくする運動は知っているが、思考を
柔軟にする方法にはどんなものがあるんだろう？　そも
そも存在するのか？　焦る私に後輩が言った。

　「最新のカルチャーに接する機会を増やすしかくない
ですか？　そうだ、先輩！　『ディスタービア』っていう
映画、観ました？　すごくおもしろいんですけど……」
　「あのね、それは大昔のヒッチコックの『裏窓』ってい
う映画にそっくりなのよ」

　最新のカルチャー？　笑わせる！　えい、ままよ。世
の中はどうせ巡り巡るもの。自分ならではの思考にこだわ
り続けていれば、いつかは認められる日がやってくるので
はないだろうか？

162

SCENE 18

⌄

ただ結婚をしていないというだけで
仲間外れにされた気分になるなんて。

#18 こうして
仲間外れになっていく

高校時代、親しい友達のほとんどがタバコを吸っていた。外に行くときは、単に喫煙のためだけに席を外すわけではない。タバコを吸いながら、おしゃべりをするのだ。見つかったら終わりという緊張感と秘密に満ちた雰囲気の中で交わす雑談がいっそう絆を深めたのだろう。ささいなことに思えた喫煙タイムは、彼らにしっかりと深い連帯感をもたらした。自習室に通った1年間、"喫煙者"の友達と私の間には見えない溝が広がっていった。

　その溝は、大学に入学すると一気に埋まった。私が酒を飲むようになったからだ。その頃、私はオープンしたてのビヤホールで開催された"500mlジョッキ早飲み大会"で、一緒に出場した男たちを軽く打ち負かすほど酒豪の素質があった。ほぼ毎日飲んでもびくともしない頑丈な肝臓のおかげだった。飲み会は毎晩開かれた。友達が順繰りにダウ

ンしていっても、私は欠かさず参加した。当時は店内でタバコが吸えたので（恐竜と人間が共存したという説を聞いても信じられないように、今となっては想像もできないことだが事実だ。そんな時代があった）喫煙者の友達とのおしゃべりに参加して、再び彼らとの距離を縮めた。

　こんな毎日の繰り返しでは、まともな大学生活を送れるわけがない。適当に学校に行って無意味な日々を過ごし、いつも母に責め立てられていた。「これから一体どうやって生きていくつもりなの？」と母に聞かれ、アニメーション作家になると宣言して衝動的に専門学校に入学した。目標を持っているように見せたかったのだと思う。

　しかし、一日10時間以上も座り続けて、ひたすら絵を描くという作業が性に合うはずがなかった。２、３カ月ほど学校に通ったが、他のクラスメイトのようには上達せず、どうしたものかと思っていた頃だ。ネットのユーモア掲示板に書き込みをしていたことがあったからか、テレビ局から連絡が来た。アイデア作家をやってみないかというオファーだった。これが、シチュエーション・コメディの作家生活に足を踏み入れるきっかけになった。

　両親からは情けないと言われ、友達には"頭のおかしいヤツ"みたいだと言われていた発想を先輩たちがおもしろがって聞いてくれるものだから、私はすっかり調子に乗った。ときには私の日常生活をネタに番組が作られることもあって、仕事をするのが楽しかった。

　シチュエーション・コメディの構成作家という職業は、プロジェクトがあれば集まって、終われば解散の繰り返しだ。しかし『ブッとび！ヨンエさん』では（比較的）同じ作家たちと長期間、一緒に仕事をすることができた。年齢や性格、ライフスタイルなど、何もかもが異なる人々が集まって、おもしろい番組を作るという一つの目標に向かって動くこと、そして何よりも、酒の席ではなく、しらふで誰かとこんなに長く熱心におしゃべりをするのは初めてだった。こんな私と彼らは、ぎこちないながらも少しずつ親しくなっていった。

　友達以上に、もはや家族よりも『ブッとび！ヨンエさん』チームの作家たちと親密に過ごしていたある日、ふと気がつくと、最年少のアイデア作家を除く全員が結婚してしまうという未曽有の事態が発生した。

　はじめは、大した変化はないだろうと思っていた。結婚生活に関する大小のエピソードが話題の中心となったが、私も聞きかじった知識を披露して割り込んだので、そこそこ会話は続いた。

　しかし、私は限界を感じざるを得なかった。妊娠に備えて産婦人科でナントカという検査を受けてナントカという注射を打った、もうすぐお姑さんの誕生日だけどプレゼントは現金にすべきか品物にすべきか、子供が入学する小学校の学区まで考えて引っ越しをしなきゃいけないから頭が痛い……。人妻であればこそ深く共感できる話題が繰り広げられるようになったからだ。傍聴人のようにうなずいているだけというのも気まずくて、何とか会話に参加しようとしたこともある。昨日こんなテレビ番組を観たよとか、うちのミオさんが一晩中ニャーニャー鳴くから具合が悪いんじゃないかと心配になったよという話をしてみたが、悩みのジャンルが違いすぎる気がして、だんだん口をつぐむようになった。

　つまはじきにされたように感じて、一人で勝手に腹を立てながらも悲しかった。ただ結婚をしていないというだけ

で、仲間外れにされた気分になるなんて。延々と無念さを
訴えていると、向かいに座ったレズビアンの友達が深いた
め息をついた。

　その瞬間、しまったと思った。彼女こそ、社会において
深い絶望感と疎外感を味わっているマイノリティだ。私よ
りはるかに千辛万苦してきた彼女の前で、身勝手に深刻
ぶってしまった。そのうえ、彼女は長年付き合っている恋
人と大きな危機を迎えたところだった。

　　仲間外れの独身アラフォー（私）　ごめん、今は私の話を聞
　　きたい気分じゃないよね……。ところでソンヒさんと
　　はどうなった？　仲直りしたの？
　　**一人の女性と10年近く付き合ってきた純情派レズビアンの友人
　　ソンヒ？**
　　仲間外れの独身アラフォー（私）　あなたの彼女の話よ。ソ
　　ンヒさん！
　　一人の女性と10年近く付き合ってきた純情派レズビアンの友人
　　ソンヒじゃなくて、ジンヒなんだけど！
　　仲間外れの独身アラフォー（私）　そうだっけ？　ごめん、

こんがらがっちゃって。

怒ったレズビアンの友人 こんがらがるにもほどがあるで
しょ！　10年も同じ人と付き合ってるのに、その一人
の名前すら覚えられないわけ？　世間からつまはじ
きにされてるとか言ってないで、あんたのほうこそ周
りの人にもっと関心を持ちなさいよ！　世間を無視
してる女め！

　あぁ、そうだったのかもしれない……。あるときは自分
だけが恋愛をしていないという理由で、あるときは自分
だけが恋愛をしているという理由で……。はたまた、一緒に
年を取りながら同じように変わっていくと思っていたのに、
私だけがぽつんと一人取り残されたような気がして、自分
で自分を仲間外れに追い込んでいったのではないだろう
か？

　うん、そうだった気がする。人の話に耳を傾けずに言い
たいことだけを言い、彼女たちの話に共感できない自分を
哀れんで同情しながら。

　今も私は、相変わらず一人ぼっちだ。さまざまな理由に

よって。それでも、彼女たちと同じにはなれないようだ。
好むと好まざるとにかかわらず、彼女たちと私はお互い
"間違って"いるわけじゃなくて、"違って"いるから……。

仲間外れという言葉が否定的に聞こえるのは、
私たちがありもしない実体に名前をつけて、
意味を持たせたせいだ。世の中に仲間外れは存在しない。
君と私、私たちがいるだけだ(そして独身アラフォーも……)。

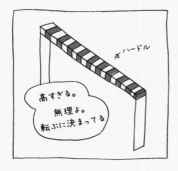

転んだら
そのときはちょっと痛いけど

立ち上がって
また歩き出せば
いいだけ。

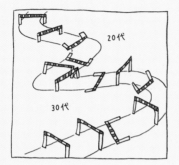

君も分かってるよね。

SCENE 19

∨

私は"独身アラフォー"という
肩書きをぶら下げて、
ひたすら縮こまるしかなかった。

#19 人妻 > バツイチ > 独身アラフォー

甲斐性なしの男と結婚した友人がいる。離婚するやらしないやら大騒ぎしていた彼女は、舅姑から譲り受けた土地の価格が数十倍に跳ね上がったおかげで、おとぎ話の結末のように幸せな暮らしを送っている。

　早く結婚して、離婚した友人もいる。若くしてバツイチになるなんてと痛ましく思ったのがつい数日前のことのようだが、あっという間に再婚した。しかも初婚の男と。

　きわめて珍しいケースではあるが、苦々しく思っていた婚家のおかげで運命が花開いた人妻の友人と、再婚したバツイチの友人をそばで見ながらこう思った。

　「いまだに何も起こらない私のような独身女性こそ、この社会でいちばんの弱者なのではないか？」

　学生時代、バスの中で耳にしたラジオ番組をふと思い出した。か細い声のおばさんは電話がつながると、いきな

り「私は罪人です！」と叫んだ。DJが、どういうことですか、なぜ罪人なのですかと聞くと「息子が3人もいるのに、40を超えた長男から末っ子まで、誰一人として結婚していない」という。それを聞いた乗客のおばさんが低い声でつぶやいた。

「そりゃ、罪人だわ……」

　我が家もラジオ番組の状況と似たようなものだ。私と年子の弟がそろって中年シングルになると、親戚は私たちが結婚しない理由を両親に問いただした。「もしかして何か欠陥があるのか」「某芸能人みたいに同性愛者だとカミングアウトしたのか」などなど。

　結局、両親は「何もかも私たちのせいです」という言葉と共に、自ら罪人となった。両親を罪人にした私は“独身アラフォー”という肩書きをぶら下げて、ひたすら縮こまるしかなかった（そのうえ、激太りしたときは「嫁に行ったって話は聞いてないけど、ソルヒは妊娠してるの？」という醜聞まで親の耳に入れてしまった……）。こうしたことに心苦しさを感じていたある日、既婚の友達、バツイチの友達、シングルの私の3人がまるでアベンジャーズの

ように集まり、熱い討論を繰り広げた。

　　独身アラフォー（私）　私は人妻がトップで、バツイチも
　　中年シングルよりは上だと思う。大韓民国のシングル
　　はすごく無能っぽいもん。誰も近寄らなくて何も起こ
　　らなかった女みたいでみじめだよ。

　　人妻　あんたは結婚したことがないから、そんなこと
　　が言えるのよ。私が今いちばん後悔してること、何か
　　分かる？　結婚したことだよ！

　　独身アラフォー（私）　（真剣にジョッキビールを一気飲み
　　して）そんなに後悔してるんだったら、さっさと離婚
　　しなよ。そしたら、あんたの話を信じるから。

　　人妻　……（離婚はできないのか、あるいは私の一気
　　飲みの勢いに引いたせいか、沈黙）。

　　バツイチ　そうだよ、結婚して幸せに暮らすのがいち
　　ばんよね。でも、バツイチが中年シングルよりマシっ
　　てことはありえない！　この頃はバツイチに対して寛

容になってきたとはいっても、まだ先入観を持ってる
人も多いよ。それに離婚のとき、両親がどれだけ悲し
んだと思う？

独身アラフォー（私）　あんたのご両親は、離婚のときは
悲しんだだろうけど、再婚したときは喜んだでしょ？
うちの母さんなんか、一度も喜べないまま今も毎日ず
〜っと心を痛めてるんですけど!?　すいませ〜ん、生
一つください！

バツイチ　……（二度目の結婚をしたことに良心が痛ん
だのか、沈黙）。

　お互い傷つけ合うだけの激しい討論が終わらんとする頃、
むしゃくしゃした私は伝票を持って素早くレジへ向かった。
会計を終えて、憂鬱な表情でタブレット端末にサインをす
る私を、店主がにこやかに眺めながら言った。

「お嬢さんみたいなお客さんばかりだったら、安心して
商売できるのに。また来てくださいね〜。サービスします
から！」

　近年まれにみる温かい表情だった。あんたたち！　聞いた？　少子化が進む韓国で、子どもを産んだ人妻だけが愛国者っていうわけじゃないのよ！　経済が凍りついた不況の中で2回も結婚式を挙げて、ブライダル業界に大金を落としたバツイチだけが愛国者っていうわけじゃないの！　綿々たる飲酒活動によって、コンスタントに酒代を支払ってきた私こそが、我が国における真の愛国者なのだ！　分かったか!?

　千鳥足で歩いていく私の後ろ姿に向かって、居酒屋の店主はいつまでも手を振ってくれた。

　翌日、財布から〈真っ赤なズボン（パジ）〉と書かれた8万2千ウォンの領収書が出てきた。「真っ赤なズボン？　どこの領収書？　服を買った覚えはないんだけど！」と思いながら、領収書の番号に電話をかけると、〈真っ赤なアサリ（パジラク）〉という居酒屋につながった。

経済を回すのはいいが、気をしっかり持とう。

SCENE 20

∨

私はただ40歳の皮をかぶっているだけの
20歳に過ぎなかった。

#20 人生、その無謀な挑戦

20代の頃を振り返ってみると、今と大して違わない。もう少し活気があって、もう少し勝ち気で、もう少し無謀で、もう少し"クレイジーな人"っぽかったこと以外は。嘘で中途半端に取り繕うより、正直であることが美徳だと思っていた時期だ。だから、相手が誰であろうと、抱いた感情をありのままに話そうと努めた。相手が自分より立派で強い人であればあるほど、媚びることなく荒っぽい口調でしゃべった。それが正しくてカッコいいと信じていた頃の話だ。

　年を取り、思っていたほど自分が強くないことは分かったが、性格はなかなか変わらなかった。私の性向は習慣や意識のように脳裏に刻み込まれ、20代とさほど変わらない姿で生きた。変わらない姿、それもまたカッコいいものだと信じていた30代の頃の話だ。

　荒っぽくて我が強い性格だったが、正直であろうと努力した。私を理解してくれる人々がそばにいたので、無理なく過ごすことができた。そんな中、状況が一変した。これまでは経験豊富な先輩の下でサブ作家を務めていたが、突然メイン作家になったのだ。

　よく言えば欲張ることなく現状に順応して生き、悪く言えば熾烈に生きていなかった私は、多くの人がチャンスだと考えるこの状況が死ぬほど恐ろしかった。責任を負うべきことが増えるという重圧に耐えられそうになかった。私はただ40歳の皮をかぶっているだけの20歳みたいだった。

　1歳ずつ着実に年は取ってきたものの、結婚や出産といった人生の転換点になるような経験もなく、家族の暮らしを支えなければならないほど苦労したわけでもない私は、相変わらず幼くて未熟な感情の持ち主だった。

　「私にできるかな？」「引き受けておいてちゃんとできなかったらどうしよう？」「みんなはどう思うかな？」「あぁ、ちっとも自信が持てない……」。あらゆるネガティブな思考で頭の中がいっぱいになった。悩みすぎてナーバスに

なっていた頃、ケーブルテレビの再放送でバラエティ番組『無限に挑戦』を観た。正確な放送回は覚えていないが、1年前の自分と体力テストで対決するという内容だ。1年前の自分に負けた人もいたが、努力の果てに去年の自分に勝った人もいた。

恥ずかしながら、やけに感動してしまい、テレビの前でボロボロ泣いた。孤軍奮闘の末に昨年の自分を跳び越える様子にも感激したし、昨年の自分に負けるしかないという状況も分かりすぎて、何とも言えない感情に襲われた。単なるバラエティ番組なのに、その瞬間は人生の森羅万象をすべて目にしたような気分だった。

20歳の頃の私を思い出してみる。何一つ優れたところもないくせに、先輩の番組をえらそうに批評していた時期だ。至らない点だらけの自分のシノプシスがいちばんおもしろいと、根拠のない自信に満ちていた頃だ。

その後、本当に何度もつまずいて失敗したが、何とかここまで持ちこたえてきた。誰もがそうだろうと思う。求職中の人は就職の心配、就職した人は出世の心配、未婚の人

は結婚の心配、結婚した人はローンの心配……。それぞれ
置かれている状況が違うだけで、人生に対する根本的な悩
みは同じだろうと思う。「少しずつ、今より前に進むしか
ない」境遇だということも……。

　背中を押されて、望んでいない場に出て行かざるを得な
くなった。派手に転んで恥をかき、回復不能なほどの痛手
を負うかもしれない。

———

　しかし、だ。転んでもどうってことない。誰かが手をつ
かんでくれるだろうし、手を取ってもらえなかったとして
も、ちょっと恥ずかしい思いをして、パンパン服をはたき
ながら起き上がればいいだけだから……。

人生を歩むうえで、無謀な挑戦は"無限"に繰り返されるものだ。
バテずに進んでいこう。

お互いに生き方が変わって
共通の話題が減っても
私たちの好きという気持ちは
変わってないから大丈夫。

それに
人間は本来
誰だって一人でしょ？

子供は寝た？
昔、一緒に撮った
写真を見てたら
あなたのこと
思い出して……

SCENE 21

∨

番組が終わり、
運悪く彼氏とも終わった。

#21　心の空白

長らく担当していた番組が終わった。間が悪いことに彼氏との関係も終わり、いきなり人生に大きな空白ができてしまった。それなりに詰まっていたスケジュールがすかすかになった。その隙間に耐えられず、スケジュールを埋めるために生まれて初めて"バンド（BAND）"〔共通の趣味を持つ人とグループトークができるコミュニケーションアプリ。オフ会も開催される〕活動というものを始めた。

　いざ加入しようとすると、目的別にさまざまなバンドが存在した。しかし、何かを一生懸命やりたいという意欲は特になかったので、検索ボックスに"ビール"と入力した。数多くのバンドがザーッと出てきて、そのうちの一つに加入し、誰かが"飲み会"をしようと書き込むたびに熱心に出歩くようになった。

　色々な人とビールを飲み、たくさんの会話を交わした。

私の置かれた現状を知らない人々と会って、気軽に愉快な
おしゃべりをしていると、胸の奥深くに埋めた悩みを忘れ
られる気がした。

　しかし、楽しく遊んでオフィステルに帰ってくると、埋
めてあったはずの悩みが静寂と共に重くのしかかってきた。
埋めたからといって、消えたわけではなかった。足の靴擦
れに応急処置のバンド（絆創膏）を貼り、ハードな日課を
終えて忘れた頃に剝がしたら、すっかり化膿して潰れてい
るようなものだった。“バンド”はただの一時しのぎに過ぎ
ず、私に残った傷や痛みを消してはくれなかった。

　今、あなたを抑圧している悩みや問題があるとしたら、
それを癒せるのは #ビール #友達 #美味しい店 ではない
かもしれない。#自分自身 をまずじっくりと見つめ直して、
待つ勇気が必要なときなのかもしれない。

靴擦れが
できた

痛っ

とりあえず
絆創膏を貼ったが

ハードな
一日を終えて

剥がしたら

バリッ

ううっ

傷が化膿しているように

BEER

今の私にも
酒ではないものが
必要なのかもしれない

SCENE 22

∨

我が友、ホドゥが
ついに虹の橋を渡った。

#22 虹の橋を渡る君へ

15年間、我が家の愛犬として生きたホドゥが虹の橋を渡った。

　仁川_{インチョン}の実家を出て、富川_{プチョン}で一人暮らしをしていた私に、朝方、母から電話がかかってきた。母の声は尋常でない様子だった。一瞬、何かやらかしたっけ？　と素早く頭を回転させていると、「ホドゥが虹の橋を渡ったよ……」という言葉が受話器の向こうから聞こえてきた。

　今日が過ぎれば明日になるように、いずれ来るべき日が来たという感じだった。シニア犬のホドゥは、数年前からあらゆる老化の兆候を見せていた。白内障と関節炎を患い、おなかを撫でると指先に触れるほど腫瘍が大きくなっていた。だから思ったより淡々と受け入れられそうな気がしたが、その後に続いた母の話に涙を流さずにはいられなかった。

　秋夕〔チュソク。旧暦8月15日。親戚一同が〕を控えて家はバタバタし
　　　　〔集まって先祖の墓参りや法事を行う〕
ていたが、ホドゥはしょっちゅう横になったままおしっこ
をもらしたという。ただでさえやることが多いのに、一日
に一度、多いときは二度もお風呂に入れなければならず、
母も面倒で気が重かったのだろう。ホドゥを洗って毛を乾
かしながら、こう言った。「ホドゥ、おまえがこんな調子
だったら、秋夕にお客さんが来るときはどうすりゃいいの
よ。秋夕の前にお逝きなさいな」。すると、ホドゥは本当
に秋夕が来る前に、私たちの元を去ってしまったのだ。

　電話を切ってわんわん泣き、携帯電話のアルバムを検索
してみたが、ホドゥの写真は一枚もなかった。仁川の実家
を出て富川で暮らすという理由で、今はミオさんと一緒だ
という理由で、私はホドゥを少しずつ忘れて別れる準備を
していた。

　初めてホドゥに会った日のことを思い出す。先輩の家で
エンドゥという姉妹と一緒に飼われていたホドゥは、やや
勘が鈍くて覚えの遅い子犬だった。先輩の靴を嚙みちぎり、
あちこち好き勝手に用を足した。ホドゥに手を焼いた先輩
は、飼ってみる気はないかと私に聞いた。私はホドゥを家

に連れ帰り、「先輩が旅行に行く間、1週間だけ預かる」
と家族に言ったが、ホドゥは結局15年間、私たちのそばで
生きて、この世を去った。

　私が外出すると、ベランダに飛び出して姿が見えなくな
るまで黒い瞳で見送ってくれたことを思い出す。たくさん
の人々が行き交う音の中から、私の足音を素早く聞き分け
て玄関まで出迎えに来る様子、散歩中に母に似たおばさん
を追いかけたあわてんぼうな後ろ姿や、初めて食べた梨の
味に驚いてピンと立てた耳も……。

　妹としてやってきて、いつしか家族となり、私を追い越
して去ってしまったホドゥ。誰かの言葉によれば、先にこ
の世を去ったペットは、あちら側の世界で待っているそ
うだが……。ホドゥも虹の橋のそばで、私たちを待って
いることだろう。虹の橋を渡って最初のビヤホールの前で、
きっとまた会おうね。

SCENE 23

∨

私は何事にもちょっとずつ
遅れてしまう。

#23 総体的遅刻人生

私は遅刻魔だ。何事にもちょっとずつ、あるいは、すごくたくさん遅れるタイプだ。約束の時間に遅れるということがどれほど他人に迷惑をかけるか、私も知っている。それなのに四十路を超えてもなかなか直らないのは、怠惰な性格のせいだけだと言えるだろうか？　何らかの運命的な流れなのではないだろうか……（この言い訳を考えつくまでに実に長い時間がかかった）。

　この運命の車輪に閉じ込められた私は当然、遅刻にまつわる無数のエピソードを有している。高校生の頃だ。当時から息をするように遅刻をして、先生に何度も警告されていた私は、その日も全力疾走で登校していた。しかし、もう間に合わないだろうということを全身で感じていた。学校の前にあるスーパーのおばさんに「あんた、また遅刻だよ！」と声をかけられたことが決定的なヒントとなった。

　あわよくばと期待しつつ、とりあえず校門に向かって走っていくと、遅刻した生徒たちがアヒル歩きをさせられている様子と生活指導の先生の後ろ姿が見えた。私は本能的に学校横の聖堂へと方向転換した（そう、なんと私はミッションスクールに通う女子高生だった）。

　ちょうどその日、聖堂は見知らぬ人々でいっぱいで、先生の姿は見当たらなかった。今だ、と思い、人波にこっそり紛れて、聖堂と学校をつなぐ通用門に向かった。しかし、なんと！　鍵がかかっているではないか。門を揺さぶりながら、これ以上遅れるわけにはいかないと思った。結局、門の鉄格子をつかんで登り始めた。通用門は私の肩ぐらいの高さだから、その気があれば乗り越えられないことはない。ふだんは運動神経が悪くてのろまだったが、先生に見つかったら終わりという恐怖心がそうさせたのか、私は門の上までよじ登ることに成功した。見知らぬ人々が応援するかのように私を見つめていたが、気にならなかった。あとは飛び降りるだけで無事に教室に入れると興奮していたせいだろう。私は軽やかに飛び降りた。

　その瞬間だ。涼しさを感じたのは……。感じただけでは

なく、本当に涼しかった。冬だからだろうと思い、そのまま駆け出そうとしたが、誰かが私を引っ張っている。振り返ると、門のてっぺんにスカートのすそが引っかかっていた。

　肩の高さの鉄格子、そして、その鉄格子に引っかかった制服のスカート。つまり、誰かが背後で私のスカートを肩の高さまで持ち上げているようなものだった。

　ちなみに、当時の私は162センチ、80キロに肉迫するスペックを有していた。後ろ姿だけでは弟ですら母と私を見分けられなかったし、銭湯で見知らぬ子供に"ママ"と呼ばれるほど成熟した肉体（？）の持ち主だった。しかし、中身は慎ましい女子高生だった。

　そんな女子高生にとっては、向かい側にいるギャラリーの数が多すぎた。彼らもまた、驚いて振り返った私と目が合って当惑したらしい。いっせいに私から視線をそらして、大小のため息をついた。あぁ、いっそ正門から堂々と遅刻すれば、アヒル歩き数周（feat.太ももの筋肉痛）だけで済んだのに。今さら後悔したって、どうしようもない。私は急いで鉄格子からスカートを引き抜いて、教室へと走って

行くしかなかった。それ以来、私はどんなに遅刻をしても、
聖堂の通用門を越えようとはしなかった。

　多感な思春期に強烈な羞恥心を感じる事件を体験しても、
私の遅刻癖は直らなかった。仕事を始めてからも相変わら
ず遅刻を繰り返した。怒った演出家に会議室のドアを閉め
られ、廊下で痛恨の涙を流したこともあった。そんな私を
哀れに思った演出家がもう遅れるなよと優しい言葉をかけ
て許してくれたのに、次の日も遅刻して締め出されるとい
う事件が何度も発生した（しかし最も激しく怒られたのは、
仕事にはいつも遅刻していた私が、スタッフ全員で旅行に
出発する日、いちばん早く空港に到着したときだった）。

　そんなふうに遅刻で紡がれた人生を送っていたある日。
友達との約束に遅れて、さんざん責められたときのことだ。

　　40年間、遅刻を繰り返している私　私がいつも遅れてしま
　　うのは、壮大な運命が影響しているせいじゃないかと
　　思うんだけど。

　　若い頃にできちゃった結婚した友人　遅刻したくせに、わけ

の分からない言い訳しないでくれる？　壮大な運命っ
て何なのよ？　あんたは単なる怠け者よ！

40年間、遅刻を繰り返している私　怠け者っていうだけ
じゃ、私の人生の説明がつかないからよ！　約束の
時間に遅れるだけじゃなくて、何もかもが遅れている
じゃない。よりによって結婚まで！　結婚にまで遅
刻してるんだよ、私は！

若い頃にできちゃった結婚した友人　遅刻っていうのはさ、
予定されてた出来事に遅れたときに使う言葉だよね。
そもそも予定されていないと考えたことはないの？
あんたの人生に結婚っていうものが……。

そう、誰かと結婚の約束をしたことはない。
だけど、遅れてるだけだと思っちゃいけないの？

SCENE 24

∨

あ～、また愛したい。
誰かを……。

#24 私は再び
渇望する、愛を

彼氏と別れてから半年近く"公式的に"本当につらかった。マクチャンドラマ〔非現実的なことが頻発する展開のドラマ〕のような別れではなかったが、すべての別れがそうであるように傷が残ったので、たびたび襲ってくるチクチクした痛みと切ない記憶が私を苦しめた。

　愛と呼んだ感情が去った後には、喪失感と孤独、謎の怒りが心に広がった。日ごとにつらさが増して、私は「愛なんて存在しない。勘違いだった。何もかも虚像だったんだ！」とマインドコントロールするように自分を励ましながら耐えるしかなかった。

　そんなある日、私は自分が"プライドのない女"だということに気づいてしまった。それは、私の心の深いところから聞こえてくる、ある囁きのせいだった。

「あぁ、再び愛し（愛され）たい。誰かを……」

　"肉も食べたことのある人がたくさん食べる"という言葉があるが、長い恋愛によって常に誰かと一緒に過ごす日常に慣れた私は、一人にされるのが死ぬほどつらかった。また誰かと共に歩んでいくことを狂おしいほどに望んでいた（肉を思いきり食べた後、しばらくは控えるけれど、また食べたくなるというような理屈だろうか）。

　しかし、世の中には肉食主義者もいれば菜食主義者もいる。網の上でおいしそうに焼けていく肉を見て舌なめずりをするように、また恋がしたいと渇望する私のような人間がいるかと思えば、そんなものは噛むのも面倒とばかりに「恋愛なんかどうでもいい」と叫ぶ人も少なくない。

　10年近く恋愛から遠ざかっていたある先輩は、もう恋だの愛だのは何もかも面倒に感じられると言った。一人で過ごす時間にすっかり慣れて、誰かのために何かを合わせたり犠牲にしたりすることに意味を感じられないという。また、若い後輩は、誰かと付き合うと結婚を考えなければいけないのが怖いと言った。自分の世話すらできないのに、

夫やもれなく付いてくる婚家、20年以上責任を負わなければならない未来の子供のことを考えると、重荷に感じられるという。

　そうした主張も一理ある。20代のときも30代のときも失敗したことを、この年でまたわざわざ始めなければならないのだろうか？　いや、始めてもいいのだろうか？　不確かなことに人生のエネルギーを投資するなんて、彼女たちが言うとおり無謀なことだと思えた。私はもう冒険ではなく、安全な人生を選択しなければならない年齢ではないだろうか？

　妥協点を見出せないまま、肉の匂いをぷんぷん漂わせて家へ向かう途中、路上でスケートボードをする若者を見た。勢いよく乗って、地面にバタンと倒れる姿を見ているうちに思い出したことがあった。中学校の頃だったか、少しだけインラインスケートを習っていたが、派手に転んですぐにやめた記憶だ。その後、どうなったんだっけ？

　無用の長物となったインラインスケートはいとこに譲り、もう履くことはなかった。だから、もうケガすることもなくなった。その代わり、何も起こらない退屈な日々を送っ

ていた気がする。膝に残る当時の傷跡を見ると、転んだ瞬
間がありありと思い浮かぶ。でも、そのときの痛みよりも、
スピードに胸が高鳴ってワクワクしたことのほうがいっそ
う鮮やかに思い出される。不完全だったが、それでも好奇
心を持って何かに繰り返し挑戦したあの頃のことが。

————

　私が人生の中でたびたび思い出す記憶とは、大小の事件
や事故によってできた多くの傷の集合体なのではないだろ
うか。覇気と情熱は薄れてしまい、用心深さと恐ればかり
が大きくなってしまった。しかし、だからといって最初か
ら傷つくことを恐れていたら、私の人生には何も起こらな
いだろう。そんな人生ははたして幸せだろうか？　それ
もまた分からない。でも、たとえばレコードは盤面に刻ま
れた細い溝の凸凹に沿って針が振動し、音楽が再生される。
経験によって作られる傷跡を恐れていたら、私の人生を彩
る賑やかな思い出のメロディを聴くこともできないに違い
ない。

225

だから私は決心した。

また失って、転んで
傷つき挫折して、死ぬほどつらいとしても
また恋をしようと……。

でも、また恋がしたい。
また失って、
転んで、
傷ついて、
そのせいで
死ぬほどつらくても

熱烈に、また。

訳者あとがき

　『あたしだけ何も起こらない』は、韓国の最長寿ドラマシリーズ『ブッとび！ヨンエさん』の脚本家、ハン・ソルヒさんによる初のエッセイだ。

　30代独身女性の仕事や恋愛模様をリアルに描いた『ブッとび！ヨンエさん』は、スタイル抜群の美男美女ばかりが登場するドラマとは一線を画す作品として、多くの視聴者の共感を集めてきた。ヒロインの"イ・ヨンエ"は名前こそ国民的人気女優と同じだが、ルックスは平凡、万年ダイエッターで無愛想。両親から早く嫁に行けとせっつかれている、印刷会社勤務のアラサーである。

　2007年の放送開始から12年にわたってヨンエさんを演じてきた女優キム・ヒョンスクは、韓国での本書発売時にこんなコメントを寄せている。

　ある日、私は台本の１シーンを読んで監督に抗議した。

　「いくらヨンエさんだからって、これはさすがにありえない！　こんな人、どこにいるっていうんです？」

　すると監督は言った。「数週間前にハン・ソルヒさんが体験した出来事だそうです」

　私はうなずくしかなかった。

　そう、真の"ヨンエさん"はハン・ソルヒ作家なのだ！

　決して平凡ではない人物でありながら、最も平凡な人々を

謳う彼女。

　普通の人として生きたくても、普通に生きるのが難しいこの時代、慌ただしく生きるあなたに、この本が小さな安らぎをもたらしてくれるだろう。

　本書には、ドラマ以上にインパクトのあるエピソードが続々と登場する。昔の彼氏のことを完全に忘れて「どちら様？」と電話をかけてしまったり、太りすぎて銭湯で妊婦と間違えられたり。プロローグにも書かれているが、ハン・ソルヒさんはこの本が本当に出版されるとは思っていなかったという。そのせいもあってか、いずれ結婚すると思っていた恋人とのつらい別れや、後輩が自分より先に結婚したときの複雑な心境なども正直に綴られている。

　思わず爆笑したあとで、「笑える立場じゃなかった！」と我に返ったり、首がもげそうになるほどうなずいて共感したり、時にはしんみりしたりしながら読み進んだ。日本にも韓国にも、世界のどこにも"正しい生き方"なんてたぶんない。どんなふうに年を重ねるかは、自分で決めればいい。
　そんなふうに思わせてくれる一冊だ。

藤田麗子

［著者］

ハン・ソルヒ Han Sul-Hee

1976年生まれ。脚本家、作家。2007年〜2019年にわたってシーズン17まで放送されているtvNの最長寿ドラマ『ブッとび！ヨンエさん』の脚本を手がけ、30代独身女性イ・ヨンエの日常をリアルに描いて好評を博している。『悲しき恋歌』(2005)、『アンニョン！フランチェスカ シーズン3』(2005〜2006)、『テヒ、ヘギョ、ジヒョン』『3人の男』(共に2009)、『まるごとマイ・ラブ』(2010〜2011) などの脚本にも参加。

［訳者］

藤田麗子 Fujita Reiko

フリーライター＆翻訳家。中央大学文学部社会学科卒業後、韓国エンタメ雑誌、医学書などの編集部を経て、2009年よりフリーランスになる。韓国文学翻訳院翻訳アカデミー特別課程第10期修了。訳書に『大丈夫じゃないのに大丈夫なふりをした』(ダイヤモンド社)、『簡単なことではないけれど大丈夫な人になりたい』(大和書房)、『宣陵散策』(クオン)、著書に『おいしいソウルをめぐる旅』(キネマ旬報社) などがある。

あたしだけ何も起こらない
“その年”になったあなたに捧げる日常共感書

2021年6月22日　初版第1刷発行

著者 ― ハン・ソルヒ
イラスト ― オ・ジヘ
訳者 ― 藤田麗子
ブックデザイン ― 眞柄花穂、石井志歩（Yoshi-des.）
校正 ― 円水社

発行人 ― 星野晃志
編集人 ― 鎌田亜子

発行所 ― 株式会社キネマ旬報社
　　　　〒104-0061
　　　　東京都中央区銀座5-14-8　銀座ワカホビル5階
　　　　TEL. 03-6268-9701（代表）
　　　　FAX. 03-6268-9713
　　　　https://www.kinejun.com/

印刷・製本 ― 三晃印刷株式会社

ISBN 978-4-87376-478-8